賀＋つばさ

我們喜歡甜食!

We Love Sweets!

香草般的每一天

バニラな毎日

賀十翼

Tsubasa Kato

涂紋凰
譯

CONTENTS

Recipe 1 最後的布列塔尼酥餅……005

Recipe 2 失敗就是成功的翻轉蘋果塔……027

Recipe 3 渾沌就是美味的伊頓混亂……065

Recipe 4 完美的歌劇院蛋糕與出色的鬆餅……107

Recipe 5 謙虛又自由的蒙布朗……145

Recipe 6 香草般的每一天……191

Pâtisserie Blanche 的磅蛋糕……220

Recipe 1

最後的布列塔尼酥餅

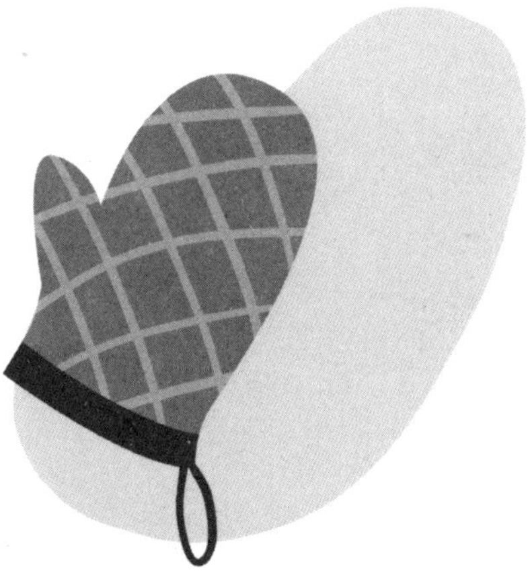

嘎啦嘎啦嘎啦——

在深藍色的夜空下，我將店門口的鐵捲門拉下。這是過去五年來每晚都在做的事，然而今晚不一樣，明早就不需要拉起鐵捲門。這家店，再也不會開門了……

比起市中心，東京西區的月亮和星星顯得更加清晰。我第一次發現這件事，是在第一次拉下鐵門那天。

「五年啊……」

我抬頭望著星光點點的夜空，視線變得有些模糊，於是趕緊垂下眼簾逃避。那塊掛在鐵捲門上方的招牌，卻偏偏闖入我的視線。

Pâtisserie Blanche

——「白色甜點店」。五年前，我獨立創業開設的這家西式甜點店，今天正式歇業。這是我自己的決定，所以並不後悔。實際上，我甚至沒有時間感傷。這就是現實。我拿出稍早準備好的公告貼在鐵門上，公告上寫著感謝顧客的支持，接著從後門走進廚房。

是的，現狀很難撐下去。不鏽鋼架上整齊擺放著使用已久的烘焙模具與模型，工作檯、冷藏工作檯、攪拌機、擀麵機，還有烤箱……這間熟悉的工作空間，至今仍飄散著甜點的香氣。我穿著白色的廚師外套環顧四周，思緒開始翻湧。

當初找到這間離鬧區稍遠的店面時，我把店面打造成南法鄉村甜點店的模樣，選擇白色與綠松色作為主色調，裝潢門面與販售區，並且在廚房裡塞滿半新半舊的設備，打造出自己理想的廚房環境。那時候我最擔心的就是能不能支付每個月的房租。當然，租約上確實有一句「搬離時，請將店面恢復原狀」的附帶條件，但當時覺得這件事就像擔心以後要用的墳墓一樣遙遠，根本不曾放在心上。

畢竟，那時候的我太年輕，怎麼也無法想像自己會走到付不出房租這一步，應該是心裡相信自己可以一直經營下去吧。然而，沒想到短短五年，便迎來這一天……

如今已經年華老去的我，雙手合十，衷心祈禱——

「拜託了，快點出現願意直接接手這間店的人吧！」

雖然才三十八歲，卻覺得自己像是走到人生晚年。看到恢復原狀的工程費用報價單時，我懷疑自己的眼睛——

「就是沒賺錢，我才要關店的啊！」

房東也很同情我的處境，決定先招募下一位承租人，看看有沒有人願意直接使用廚房。因此，我決定先觀望一陣子，但開店營業的話，光是基本的水電費與人事費用，依然會繼續虧損下去，所以還是選擇先結束營業。

嘆了口氣，我鬆開盤起的低髮髻，讓頭髮輕輕地落在肩上。在廚房裡我從未做過這種事，但總覺得需要透過某個動作來表達「一切都結束了」。然後，我用指尖捏起不鏽鋼推車上剩下的布列塔尼酥餅。這是一款外表簡單、僅用叉子壓出些許紋路、厚度超過一公分的金黃色奶油餅乾，看起來就像一輪滿月。這塊餅乾因為烘烤時顏色不均，被剔除在商品之外。如今，店內的商品已全數售罄，這是最後一塊留在這家店裡的甜點。我將它送入口中，輕輕咬下——

咔嚓，咔嚓。

口感無懈可擊。這道來自法國布列塔尼地區的烘焙點心，奶油比例極高，烘烤時奶油融化，使麵團內部形成細微的空隙，在口中化開來。與此同時，奶油雖已融入餅乾之中，卻在咀嚼時散發香氣，充滿整個口鼻。這款餅乾最令人驚豔之處，在於明明已看不見，卻像在吃奶油本身一樣。這就是誕生於擁有優質乳製品的奢華甜點。布列塔尼酥餅的保存期限較長，很多顧客會購買盒裝當作伴手禮。而且，當新鮮糕點賣完的時候，放在貨架上的五片袋裝款，經常成為替代選擇。正因如此，很少會剩下。

然而，在開店四年後的某一天。這款禮盒的預訂量驟減，袋裝商品到了關店時間，竟然還會剩下一、兩包。當我開始感到不對勁的時候——

「媽媽，我比較喜歡便利商店的起司蛋糕。」

我聽見和媽媽一起來的小女孩，隨口說出的這句話。我知道孩子本來就會這樣，當她被媽媽小聲訓斥時，我依然回以微笑。不過，那句話卻一直留在我心裡。

在那之後的某一天，

「請問這裡有賣可麗露嗎？」

年長的顧客這樣詢問，我依舊帶著微笑回答。

「不好意思，我們店裡沒有製作可麗露。」

「那有布列塔尼蛋糕嗎？」

「這款甜點我們也沒有販售……真的很抱歉。」

這兩款點心，都是在附近車站購物中心內、總店來自巴黎的知名烘焙品牌「Boulangerie & Pâtisserie Pascal」的熱賣商品，其實可以去那裡買就好……但我沒說出口。

這幾年，車站周邊的開發計畫迅速進行，即使是這樣的郊區，也陸續湧現了許多購物商場，吸引都會區才有的高級麵包店與法式甜點店相繼開業。若說這是導致我經營困難的直接原因，確實比較容易理解。然而，那位小女孩說的話，卻讓我察覺到問題可能不僅如此……

「二百五十圓啊……」

我買了便利商店的起司蛋糕來嘗嘗，吃了一口後不禁低聲感嘆。當然，吃得出來是量產商品的味道，但也確實有下功夫，難怪評價不錯。而我店裡的法式起司蛋糕，價格正好是它的兩倍。至於「帕斯卡爾」（Pascal）那間店，則能以稍微低一點的價格買到相同名稱的商品，尺寸也更大一些。他們的原料雖然沒有我的店講究，但畢竟只是借了個法文店名，實際上由日本大型連鎖烘焙品牌經營，所以能壓低成本。小型個人店要與大企業競爭成本，實在很難。市中心也就罷了，像這樣的郊區，顧客連差十圓都會斤斤計較，這就是城鄉差距。

「……關店吧。」

我自己都驚訝於關店的決定下得如此乾脆。我只在關店前兩週，在收銀臺旁的小角落貼了一張結束營業公告。即便如此，消息還是傳得很快，店裡的生意突然變得很好。

「聽說你們要關店了！為什麼要結束營業呢？」

尤其是那些自從「帕斯卡爾」開張後就沒再來過的客人，最熱衷於問這個問題的。

「請摸著良心想想吧。」

我強忍住這麼說的心情，只是微笑著回答：我也覺得很遺憾。其實，我早就料到一旦宣布結束營業，店裡就會瞬間熱鬧起來，所以才刻意拖到最後一刻公布消息。

一如預料，今天是最後的營業日，從早上開始就湧入依依不捨的客人。我特地準備比平常多五倍的商品，沒想到到了下午三點便全數售罄，連袋裝的布列塔尼酥餅都沒有剩下。之前共事過的老同事今天特地來幫忙，看到這樣的盛況，忍不住惋惜地說——

「要不要再撐一下呢？妳好不容易開了這間店……」

這一次我沒有強顏歡笑，而是誠實地回答她：

「如果要繼續做下去，就只能降低原料品質來壓低成本，或者減少一半的商品種類。即便如此，也不一定能撐得下去。唯一的辦法，大概就是推出一款低價的招牌商品來吸引客流……譬如瑞士捲之類的？然後靠這種方式來維持營運。不過這樣一來，這間店就不再是我的店了。」

這間店會變得不再像是我的店，這正是我能夠這麼快下定決心結束營業的理由。

聽我這麼說，前同事露出一抹複雜的表情。她提起我們年輕時曾憧憬的某間知名老字號甜點店，然後語帶感慨地說：

「就連那家店，最近做的布列塔尼酥餅裡也開始加起酥油了……」

說完她便離開了。我點點頭，目送她離去。

我並不後悔。看著眼前這塊只用發酵奶油製作的布列塔尼酥餅，宛如缺了一角的月亮，我喃喃自語。

「如果要讓這間店變得不像是我的店，那還不如……」

接著，我將這家店最後的一塊甜點送入口中。餅乾輕輕崩解，緩緩融化，我第一次覺得，奶油的香味是如此令人感傷。

「歡迎光臨！要不要試試我們的新商品『無花果馬斯卡彭派』？」

兩個星期後，沒想到我竟站在曾經的競爭對手店門口——「帕斯卡爾」熟練地招呼客人，並將剛出爐的糕點擺進展示櫃裡。雖然店已經結束營業，但在找到下一個承租者之前，房租仍然得照付。於是我想著「先打個工吧」，就在車站的布告欄上發現「帕斯卡爾」正在招募製作產品的員工。

「乾脆去把被搶走的營收賺回來？」

抱著半放棄的心態去應徵，沒想到很快就錄取了。當然，履歷有稍微做了些掩飾，但我的動作太過俐落，馬上就被識破是專業人士。

「新來的打工姊姊，到底是什麼來頭？怎麼看都不像是一般的家庭主婦吧？」

據說員工之間已經開始悄悄議論。店裡忙碌時，我不只待在後場，甚至還會被派到櫃檯收銀，這方面我也是駕輕就熟。

「帕斯卡爾」的店面仿效法國總店的風格，除了麵包，還有各式烘焙點心與新鮮蛋糕。商品整齊地擺在展示櫃內，由店員依照客人點單包裝。由於店開在車站大樓裡，客流量自然遠超過我的小店，但員工人數也多。半數產品本來就是工廠製作好的，製作其實很輕鬆。不用擔心明天的備料，這讓我深刻體會到「不是自己開店真的輕鬆多了！」如果現在有人問我要不要轉正職，我可能會動搖吧。人一旦墮落，還真是無底洞啊……我一邊補貨，一邊感嘆——

「我要兩個無花果派，然後……」

一位單手提著環保袋的貴婦，邊瀏覽著糕點區邊指著櫃檯下的商品。我對這張臉有印象，這位客人以前常來我的店。然而，如今的我身穿「帕斯卡爾」的制服，還特意畫上年輕風的精緻妝容，對方應該沒有認出我。我微微低頭，以最快速度用夾子將她點的糕點放進紙袋裡，迅速結帳。

開始在這裡打工已經一週了，這段期間我不只一次看到熟悉的顧客。心情難免複雜——這些人之中，是否仍有人懷念我店裡的甜點呢？然而，看著他們毫不遲疑地選購「帕斯卡爾」的蛋糕與糕點，並滿意地帶回家，這就是現實。

「——找您二十圓，這是您的收據，謝謝光臨。」

我刻意調整了一點聲音，避開與她的眼神接觸，把商品遞給她。正巧這時剛休息結束的同事回來，我立刻交接收銀機，迅速朝後場走去——然而……

「咦？是妳！妳怎麼在這裡！」

一道響亮的聲音叫住我。還是被認出來了嗎？我回過頭望去，但出聲的並不是剛才的貴婦，而是另一位客人。那是一位略顯年長的女性，身穿鮮豔的碎花洋裝，裙襬隨著她的步伐擺動。雖然身形算不上輕盈，但動作卻意外敏捷——

「是妳！『白色甜點店』的那位！等等，妳們店是怎麼了！」

她用宛如聲樂家的嗓音對我說道。這張五官立體、表情豐富的臉，加上灰色捲髮，我怎麼可能忘記呢？這位客人以前也是店裡的顧客。不僅是常客，還多次預約下單，所以我也記得她的名字。沒錯，她的名字令人印象深刻——佐渡谷女士。只是，她在結束營業的最後一天並沒有出現，這讓我有些在意。

「結束營業了。」

既然已經被認出來了，我索性摘下制服帽，直接告訴她實情。

「結束營業？真的嗎？我完全沒聽說！」

她露出一副剛得知消息的驚訝表情。

「我們有貼公告在收銀機旁邊。」

「我根本沒看到啊！旅行回來後，我發現鐵門竟然關著，而且還不是公休日，真是嚇壞了！」

她情緒激動地這樣說，而我則用平靜的語氣向她道歉。

「是我們不夠周到，真的很抱歉。」

「我還以為你們搬去銀座或目黑了……結果，怎麼會在這種麵包店當店員？」

這位唯一沒被我的濃妝欺騙，還能認出我的夫人，從上到下、又從下到上打量著我的制服，讓我忍不住笑了出來。這還是結束營業之後，第一次發自內心地笑。接著，我對她說——

「不是搬遷……是倒閉了。」
「倒閉了……」
她呆呆地張著嘴，愣住了。
「……倒閉了？」
她仍舊帶著疑惑的語氣，把我說的話重複了一遍，然後看向「帕斯卡爾」的店面，又轉回來望向我。我揮了揮手上拿著的制服帽解釋：
「畢竟結束營業的手續很麻煩……在找到願意承租現成設備的人之前，房租還是得付。」
聽我這麼說，她終於露出理解的表情，點了點頭。
「這樣啊……打擾妳工作了，那……我會再來的。」
她彷彿突然回過神似地，轉身迅速離開。我望著她的背影，嘴裡不自覺地喃喃說出——
「……巧克力蛋糕。」
沒錯，巧克力蛋糕。我想起，店裡的巧克力蛋糕是她最愛的甜點。
然而，不久之後——

「那個，『白色甜點店』的小姐！方便聊一下嗎？我有事想和妳商量——」

「佐渡谷女士，那家店已經不存在了。我姓白井，這樣稱呼我就可以了。」

我拜託佐渡谷女士改口。她像之前說的那樣，幾天後再次來到「帕斯卡爾」。而這次，她點了店內最便宜的商品——半條法國麵包，然後在我結帳時，精神飽滿地對我說——

「我想起來了。白井小姐，其實我一直有件事想請妳幫忙。」

「一直以來？」

我皺起眉頭。她掏出一張一萬日圓鈔票來支付二百一十圓的法國麵包，然後點頭說——

「是啊。只是以前妳店裡太忙，我想應該沒辦法。但現在妳關店了，反而是個好機會！」

「好機會……？」

我的眉頭皺得更深了。

「如果沒有在用的話，可以把妳店裡的廚房租給我嗎？當然，我會付租金的。」

我停下正在數千元鈔票的手，抬起頭來，直視著佐渡谷女士——

「妳想租已經結束營業的廚房？」

「在找到新的租客之前，能有一些租金收入不是更好嗎？」

這話確實沒錯——但還沒等我開口，佐渡谷女士就已經把自己的名片放在收銀機旁。

「如果考慮好，就聯絡我吧。我等妳的消息。」

她用彷彿關係到世界和平的堅定眼神對我這樣說。然後，接過收據和找零。

「啊，法國麵包就不用了，送給妳吧。妳太瘦了，該多吃點。記得抹上滿滿的奶油和果醬，不然這家店的麵包——」

她把裝著麵包的袋子硬塞給我，然後搖動裙襬，俐落地離開了。

「欸？等、等一下！」

還沒弄清楚狀況的我，一手拿著她退還的法國麵包，一手握著她留下的名片，滿臉困惑地目送她離開。她說要租我的廚房，這到底是怎麼回事？看著這張設計簡單的名片，上面只有姓名、地址和電話號碼。站在佐渡谷女士後面排隊，一位年紀相仿的婦人，好奇地伸長脖子瞄了一眼，

「啊，果然是她！剛剛那位是佐渡谷真奈美吧？」

婦人驚喜地指著她離去的方向這樣說。

「我剛剛就想，該不會是那位佐渡谷女士吧？」

——那位佐渡谷女士？我不明白那是什麼意思。

「您認識她嗎？」

當我這樣問的時候，婦人一臉驚訝地說「咦，妳不知道嗎？」

「她可是料理研究家佐渡谷真奈美！她出的料理書，我家有好幾本呢。她住在這附近嗎？最近都沒在電視上看到她，我還在想她怎麼了。」

「料理、研究家……」

聽到這個詞，我的表情頓時暗了下來。我總算知道她為什麼會想租用廚房了。

我立刻切換成店員模式，裝作什麼事都沒發生一樣，微笑著對婦人說「不好意思，讓您久等了。」同時，我把那張名片隨手塞進口袋，繼續操作收銀機。

那天下班後，我沒有直接回公寓，而是繞道前往已經結束營業的甜點店廚房。我開燈從後門進入，靜謐的廚房裡，只有仍未關閉的商用冰箱發出低沉的嗡嗡聲。空氣中依舊瀰漫著淡淡的甜香，在這裡烤餅乾的日子感覺已經是遙遠過去。這間廚房，曾經是我的一切，既是戰場，也是研究室。那股香草的氣味，既甜美又帶著一絲苦澀。這裡，承載了太多的回憶……

「反正遲早都要交給下一個租客……」

不管是料理研究家還是美食家，要用就讓他們用吧。

「話說，料理研究家到底是什麼東西？」

我歪著頭喃喃自語。我始終無法理解這個職業。既然這麼喜歡料理，為什麼不去當專業廚師？一邊堅持自己的風格，卻又如此隨意，這到底是什麼意思？當然，不是所有人都這樣，但我一直很好奇，他們到底哪裡來的自信。說是家庭料理的專家，我也不能苟同。要這麼說的話，每天在家做飯的媽媽（或爸爸）不就都是專家了嗎？以專業人士的角度來說，和這樣的交流沒有什麼益處。如果都是專業人士也就罷了，在這間廚房裡做些半吊子的料理，老實說我並不開心。這裡是我曾經努力經營過的地方，我寧願讓手藝不精、但為了生計拚命努力的人使用，也不想租給只是玩票性質的人。

我確實想賺點錢……我盯著放在不鏽鋼工作檯上的那張名片。

「不行。」

我喃喃自語，然後關掉廚房的燈，回到只夠睡覺的小小房間。

店裡有一名銷售員離職，所以這幾天我被安排在「帕斯卡爾」的店面負責收銀。在後場負責製作時，因為手腳太俐落，總是被人追問我的經歷，反而在這裡工作我比較輕鬆。然而，讓我困擾的是，時不時就會遇見以前店裡的熟客，我都還記得他們的長相。每次遇上我都會心跳加速，忍不住低下頭。

不過，至今唯一認出我的，只有佐渡谷女士。大概一般客人根本不會記得一家甜點店的老闆長什麼樣子吧？又或者，會記得我臉孔的那些人，本來就不會來「帕斯卡爾」買麵包或甜點。事實上，自從那天之後，佐渡谷女士再也沒出現過。也就是說，她本來就不是「帕斯卡爾」的客人吧？連法國麵包也不願意要，直接塞給我。這裡的法國麵包確實是按照正統法式做法，外皮烤得又脆又硬，裡面的口感則偏輕盈。就像她說的一樣，如果不塗上滿滿的奶油和果醬，確實很難有飽足感。

「與我無關就是了。」

儘管依舊對她的頭銜感到厭惡，但我卻發現，自己總是不自覺地想起她。

「比起這個，我還是得趕快考慮，等店面租出去後，自己該去哪裡找工作才對。」

我對自己這樣說，然後趁著休息時間拿起手機搜尋就業資訊……但等我回過神來，發現自己竟然在搜尋——

佐渡谷真奈美　料理研究家

她似乎沒有個人網站，只有出現零星的食譜轉載，搜尋結果最多的，還是風格略顯老舊的暢銷食譜封面和書名。我看了眼時鐘，站起身來。

「算了，就當是打發時間吧。」

不知是在向誰找藉口，我走出休息室，從員工專用出口離開車站大樓，快步朝站前廣場對面的市立圖書館走去。

在料理書的書架上，我看到網路上提到的暢銷書已經被借走，只留下被抽走的空隙。其他還在館內的食譜只剩下兩本，而且都被翻得破破爛爛，明顯修補過多次，看來被借閱得相當頻繁。我拿起其中一本，書名是──《真奈美的簡單待客料理》翻開書頁，大部分都是西式菜單，後半部則是甜點食譜……

「巧克力慕斯」

在一個充滿年代感的玻璃器皿中，擺放著一份上面加了薄荷葉和鮮奶油的巧克力慕斯照片。我不經意地掃視了一下下方的「做法」。

「欸？」

我不敢相信自己的眼睛，於是又從頭重新讀了一遍。當我知道不是自己看錯的時候──

「哇……」

我帶著驚訝的表情，再次注視著書本的封面和「佐渡谷真奈美」這個名字。突然發現休息時間快結束了，我急忙把書放回書架，趕緊回到打工的地點。

那天晚上，我在星空下快步走著，走向我已經關門的店舖廚房，手裡提著在車站大樓裡的進口食品店買的巧克力……

在製作巧克力蛋糕或巧克力慕斯時，一般來說，會將固體巧克力用「隔水加熱」的方法融化，再將其加入麵團。這時會把一個裝巧克力的碗放在有水的鍋子裡，慢慢加熱溶解。如果沒有在適當的溫度下溶解可可脂，巧克力就會結晶，反而會變成結實而顆粒狀。對於需要在外面包覆一層巧克力的糕點，巧克力必須做到表面光滑，那就要用到更精確的溫控技術，這就是所謂的「溫控法」，需要反覆加熱和冷卻來調整巧克力的質地。然而，在圖書館看到的佐渡谷女士的巧克力慕斯食譜裡卻大膽地提到——

首先，將準備好的巧克力塊剁碎放入碗中。然後直接倒入熱水（也就是直接將熱水澆上去！），接著靜置一會兒，等巧克力變軟後，將水倒掉，然後用攪拌器攪拌至光滑。

她介紹的做法令人出乎意料。

脂肪（油）和水會相互排斥，所以這個做法理論上也可以成立，但……這也太粗暴了吧？要用到的工具確實會變少，卻讓我好奇，想嘗試看看究竟能做到什麼地步。於是我照著書上的步驟在廚房裡試做，發現當巧克力塊被熱水浸泡變得柔軟後，用橡皮刮刀攪拌幾下，就變得光滑且充滿光澤，這讓我再度吃驚。

「哇～」

敬佩的驚嘆脫口而出。雖然多少還是殘留著一點熱水，巧克力卻沒有分離，濃稠度恰到好處，如果是簡單的蛋糕，應該可以用來當作包覆的材料。明明就是「油」和「水」……更讓我吃驚的是，食譜中竟然還寫到「留點熱水會更好」。儘管這樣的操作說明有違常理，但那份自信卻動搖了我的心。

只要混合融化的巧克力和打發的蛋白霜，就能製作巧克力慕斯，但我沒有準備雞蛋，光是這樣的過程就已經很滿足了。隨後，我把原本丟在工作檯上的佐渡谷女士的名片拉近，打開手機輸入聯絡電話。響了幾聲後，一個女性的聲音接起電話。

「是佐渡谷女士嗎？」

是，我是佐渡谷。電話那頭的人開朗地回應，我則用冷淡的語氣回應。

「我是之前在車站大樓與您見過面的白井。那間結束營業的『白色甜點店』。」

啊！對方發出一聲開心的驚呼。我立即接著說：

「關於之前您提到的，我店裡的廚房……如果您不介意，可以借給您。不過只到找到下一位租戶為止。」

「真的嗎？謝謝妳！」她在話還沒說完的時候便急忙插話。

「我一直在等妳聯絡，等著妳打電話給我！」

她用令人不禁想要遠離手機的音量，表現出歌唱般的喜悅。

「太開心了！那我可以先過去看看嗎？那——我再通知妳具體的時間。」

我同意之後掛斷電話。也好，能賺一點錢也不錯。我望著宛如沒有滿月的夜空，完全融化的黑巧克力，默默對自己這麼說。

Recipe 2

失敗就是成功的翻轉蘋果塔

「烹飪教室？在這裡嗎？」

在結束營業的廚房裡，向佐渡谷女士說明完烤箱和爐灶等設備的使用方法，聽到她提起使用目的後，我不禁驚訝地反問。

「不然妳以為我是要做什麼呢？」

她似乎沒在聽我講解，一邊四處打量著廚房，一邊不停地發出「哇，真厲害啊，太棒了！」的讚嘆，然後轉過身來這樣反問我。

「聽說佐渡谷女士是料理研究家，我以為您會在這裡試作新菜，或者拍攝料理照片之類的。」

「以前是有做過這些事啦。」

佐渡谷女士一臉興趣缺缺的樣子回答，探出身子查看擺滿製作糕點工具的架子。今天她依然穿著碎花洋裝，尚未及肩的灰色微微自然鬈髮，胸前還別著一枚造型逼真到令人害怕的蜜蜂胸針。接著，她修正了一下自己剛才的說法。

「雖然說是烹飪教室，但其實也不是正式的教室啦。我在自己家裡也有開課，但大家想學的料理都不太一樣，每次都得為此購買各種專用工具，我又沒地方放。」

佐渡谷女士看著我客氣地問：

「這裡的烘焙模具……也可以借用嗎？」

沒問題。我點了點頭。

「有好多有趣的模具耶。不愧是專業的廚房。」

「是嗎？」

我望著遠方，像看著遺物似地看著這些模具。佐渡谷女士看著我，露出一副欲言又止的表情。我不想再被追問結束營業的原因，於是迅速打開手機的行事曆，直接確認：

「那就定在下週五晚上六點到八點吧。」

我準備結束這場對話。

「如果機器的操作或者有其他不清楚的地方，請隨時打電話給我。」

說完，佐渡谷女士露出一抹驚訝的表情。

「咦？妳不會在嗎？」

當然不在，這樣對彼此都好吧。我心裡這樣想，但嘴上還是成熟地應對：

「一個人使用這裡，會覺得不放心嗎？」

佐渡谷女士歪著頭思考。

「這是其中一點……如果妳在的話，對我來說會很有幫助呢。因為那天要教的是『水果塔』。」

她最後有點像是在自言自語，但我確實聽到了。

「水果塔?」

Tarte aux fruits——我腦中自然而然地將這道甜點的名稱轉成法語，而且浮現出它的模樣。我大概明白她打算在這裡做什麼了。

「白井小姐要是在的話，我會比較安心。」

她仰頭望著我。

「妳該不會打算在這裡開『甜點教室』吧?」

我一時忘記保持成熟大人的態度，大聲這樣反問。只差沒問：「妳到底打算幹什麼?」

「沒事的，我不是要妳當老師。」

佐渡谷女士不慌不忙，語氣平靜地這樣說。

「沒事⋯⋯?妳這話是什麼意思?我聽不懂。」

我很清楚，這種天生少根筋的人說話從來不講道理，但正因為如此，讓我更加煩躁。我把手放在工作檯上。

「不對，如果是要讓我來教課，我還能理解。畢竟這裡⋯⋯這裡可是間法

031

式甜點專賣店，雖然這樣說有點失禮，但妳既不是專業人士，也不是甜點師，居然要在這裡教人做甜點——」

佐渡谷女士毫不示弱，直接插話打斷了我。

「所、以、啊，我才會問妳，能不能借用這些器具啊。」

她猛地搖頭，強調自己並不是要開「甜點教室」。

「來找我的那些人，我問他們『想學做什麼呢？』，結果所有人都回答『蛋糕』。這我也沒辦法。所以才想借用這裡的空間。」

我仍然眉頭緊鎖，但她說的話我有聽進去。就像融化巧克力的過程一樣，這個人的做法總讓我覺得不對勁。

「佐渡谷女士，妳的料理教室，都是根據學生的要求來決定要做什麼嗎？」

我用冷淡的語氣直接問。

「沒錯，這樣我比較輕鬆。而且，做自己想吃的東西，才是最好的吧？」

佐渡谷女士將那雙柔軟的手放在工作檯上，輕輕撫過不鏽鋼的桌面。但仔細一看，她的指尖和關節明顯帶著歲月的痕跡，是一雙長年操勞的手。順帶一提，她手上並沒有戴結婚戒指。

「這週五要來的人說，『想試著做水果塔』。還真是提出了一個困難的要求啊。」

她笑著說道，一點也不畏懼我不悅的表情。我嘆了口氣，繼續問。

「……那些人，是烘焙新手嗎？」

佐渡谷女士點了點頭，回答「應該是」。

「那換成更簡單的蛋糕會比較好吧？」

「不行。而且，不是『那些人』，我要教的學生只有一個人。」

一個人？我再度吃驚。學員自己決定要做的東西，而且還是一對一教學？光聽就覺得這料理教室實在奇怪。我盯著佐渡谷女士的臉，開始擔心起來。以前開店的時候，偶爾會有些奇怪的歐巴桑或歐吉桑走進來，說些莫名其妙的話。這個人會不會是那種超越「少根筋」的類型？雖然她確實是料理研究家，但最近似乎沒有什麼活動，我該不會只是被某個怪歐巴桑的胡言亂語牽著鼻子走吧？直到現在才驚覺，自己居然讓這種人進入廚房，真的沒問題嗎？我不禁往後退了一步，與她拉開距離。然而，她完全沒注意到我臉上的不安……

「水果塔沒辦法改。不過，我想請教一下，單純當作參考——」

依舊我行我素地問問題。

「如果要做更簡單的蛋糕，可以做什麼？」

即便我已經準備隨時撤退，但面對她如此認真的目光，還是忍不住回應。

「如果是塔類的話……翻轉蘋果塔吧。」

「翻轉蘋果塔！」

佐渡谷女士滿臉笑容，雙手合十。

「哎呀！好想吃啊！我想吃妳做的翻轉蘋果塔！不行了，現在就想吃！多少錢可以請妳做一個呢？」

「多、多少錢嗎？」

她雙眼閃閃發亮，彷彿馬上就要從提包裡掏出錢包來，這次我徹底無言以對。此刻，我確信無論她說的「料理教室」是真是假，這個名叫佐渡谷真奈美的女人，絕對是一個相當奇怪的歐巴桑。

「晚安……」

星期五晚上，一名女性手裡提著幾個購物袋，小心翼翼地從廚房的後門走進來，年紀看起來與我相仿，但除此之外，很難找到我們之間的共通點。看她的穿著，就知道這個人過著與我完全不同的人生。她身穿剪裁講究的襯衫，還披了一件像是披風般的開襟外套，兩者都散發出高級品牌的質感；肩上掛著

ＬＶ的大尺寸包包，看起來已經用很久了。從這些細節來看，她應該是個擁有高薪的上班族；雪白透亮的膚色，則顯示她肯定是內勤職位。此外，她的美貌讓人聯想到「小夜」、「彌生」、「華」等日式的名字。這樣的裝扮，真的適合來上料理課嗎？雖然我忍不住想吐槽，但不得不承認，她與「水果塔」這種甜點的形象，倒是相當契合。

這天來上課的學生，如佐渡谷女士所說，只有她一人。她從高級超市和烘焙材料店的購物袋裡，取出買來的材料，擺在桌上給佐渡谷女士確認，以確保自己沒有買錯。我從來沒聽說哪間教室會讓學生自己準備材料。

「從準備材料開始學習才行啊，不然回家後就沒辦法自己做了耶。」

奇怪的歐巴桑這樣說。雖然我覺得她只是在偷懶，但也能理解她的想法。如果料理教室的材料都已經事先清洗、切好，甚至大部分的步驟都是老師代勞，那學生通常就會說：

「在家裡根本沒辦法做啊～嗯，改天再試試吧。」

這樣的情況屢見不鮮。不過，如果從購物開始就讓學生實際參與整個過程，那麼……「水果塔」還是不太適合當作初學的課程吧？心裡帶著這樣的想法，站在稍遠的地方，看著兩人開始在工作檯上製作塔皮。我最後還是在佐渡谷女士的死纏爛打下，以支付廚房的租借費外加比「帕斯卡爾」更高的時薪為條件，答應陪同製作水果塔。總覺得鈔票解決了所有問題……

佐渡谷女士擺好水果塔的主角——各種水果，然後笑著對那位漂亮的學生說：

「哎呀，順子小姐，這次又全都買了高級水果呢～」

順子……這個名字出乎意料地樸素。雖然某種程度上確實帶點日式的感覺，但還是有點失望。

「那個，白井小姐，感覺應該能做出漂亮的蛋糕對吧？」

突然被佐渡谷女士點名，我一時語塞，只是默默點頭，看向桌上的水果。這些水果包括剛剛上市的草莓、麝香葡萄、芒果、葡萄柚、奇異果、藍莓、覆盆子，甚至還有薄荷葉，色彩搭配堪稱完美。

「選得不錯呢。」

我終於開口，而順子小姐則是一本正經地回答：

「老師說，放在水果塔上的水果可以隨意選，所以我就努力回想，公司附近的銀座，常去吃的那款水果塔裡用了哪些水果。」

我腦海中立刻浮現出幾間她可能會去的銀座的蛋糕店和咖啡館。大概可以猜到是哪一間的水果塔，也可以想像她想要做成什麼樣子了。正當我這麼想的時候——

「那我來教妳步驟吧。」

佐渡谷女士從拼布風格的包裡，拿出一本看起來像是寫著食譜的活頁筆記本。她依舊穿著平常的洋裝，並沒有套上圍裙，彷彿像是魔法學校的老師一般，開始講解起塔皮的製作方法。

「首先，要做水果塔的麵團……就是像餅乾麵團那樣的東西。做好之後放進冰箱冷藏，趁這段時間製作杏仁奶油。接著，把冷藏好的塔皮鋪進烤模裡，倒入杏仁奶油，然後送進烤箱烘焙，這樣水果塔的基底就完成了。等待冷卻的時候，再來製作卡士達醬，等塔皮完全冷卻後，把卡士達醬鋪上去，最後擺上漂亮的水果，就大功告成了！很簡單吧？」

噹啷！響起一個聲音，佐渡谷女士和順子小姐嚇了一跳，轉頭看向我。是我在聽她的解說時，不自覺地往後退，結果差點把身後的不鏽鋼推車撞倒了。

「妳沒事吧，白井小姐？有什麼問題嗎？」

佐渡谷女士一邊指著筆記，一邊天真無邪地問道。

「……沒事。」

037

我調整了一下姿勢，這樣回答。做法本身沒有錯，這是相當標準的水果塔製作流程，甚至可以說過於正統。

「……但是，這真的能在兩個小時內完成嗎？」

我小聲嘀咕。佐渡谷女士的自信，究竟從何而來。

「沒問題的，奶油我提前買好，還放在室溫軟化，可以馬上開始。」

但問題不是這個啊……佐渡谷女士並未理會一臉不安的我，直接讓順子小姐開始量材料。然而，她看了看自己和順子小姐之後——

「啊！我應該帶圍裙來的！」

終於發現圍裙的問題。沒辦法，我只好拿出店裡工作人員以前用過的圍裙，借給她們兩位。

這堂課的未來堪憂，不過我的擔憂不只是時間，或者水果塔對初學者來說是否合適——

——而是佐渡谷女士要教的水果塔，跟順子小姐所想像的，大概完全不同。

這才是我最在意的地方。從她買來的水果陣容來看，她應該是想做一款強調水果鮮度、塔皮口感輕盈不會搶戲的「現代水果塔」。然而，佐渡谷女士準備製作的，卻是傳統的經典款，塔皮扎實厚重，為了不被塔皮搶過風采，上層的水果要堆得豐盛，再刷上一層杏桃果醬來包覆，使整體口感更濃厚香甜。

果不其然，順子小姐一邊學著將奶油與砂糖混合，一邊說：

「我一直以為塔皮就是烤個像餅乾一樣的容器，然後裡面放點奶油跟水果就完成了耶。」

你看！我的不安果然成真了。然而，佐渡谷女士本人卻不以為意。

「也有那種做法沒錯，不過這樣味道太單調了。加這個進去一起烤，一定會很美味的！」

說完，她便開始指導順子小姐如何製作杏仁奶油。

「這臺烤箱是專業級的，就算加了杏仁奶油，也能烤得很均勻，完全不用擔心。」

她看起來很開心。我在心裡暗自嘀咕，這塔皮一定會烤得相當扎實。就在這時——

「呀！」

順子小姐驚叫了一聲。我一看，發現雞蛋已經在她手中捏碎。

「妳還好嗎？」

我趕緊上前，但心裡不禁納悶，這究竟是怎麼做到的？難道……這個人，幾乎沒打過蛋？

「哎呀，打蛋打得真是用力呢。」

然而，佐渡谷女士卻像是看到什麼有趣的事情一般笑了出來。她那過於悠哉的發言，讓我忍不住又想往後退，但終究還是忍住了。我迅速從順子小姐手中收走蛋殼殘骸，並遞給她一顆新的雞蛋。

「不好意思……」

順子小姐低聲道歉，這是我們第一次真正視線交會。我隱約在她的眼底，看到一絲說不清的陰鬱。

「……雞蛋啊，」

我開口教導她：

「最近的雞蛋有些殼比較薄，所以在平坦的表面敲開，會比較容易控制力道哦。」

聽到這話，她的眼神似乎瞬間明亮了起來。

「真的耶，最近的雞蛋殼確實比較軟呢。」

佐渡谷女士滿意地看著我們，點了點頭。

一如預料，完成這份水果塔時，時鐘早已超過九點半。即便是我行我素的佐渡谷女士，此時也顯得有些疲憊，她長長地嘆了一口氣，但依舊帶著笑意對順子小姐說：

「要嘗嘗看嗎？」

順子小姐盯著自己親手做的水果塔。佐渡谷女士像是惡作劇似的，幾乎沒有插手任何步驟，所有的作業都是順子小姐親自完成的。雖然不算大失敗，但也稱不上理想的成品。塔皮沒有均勻地擀開，因此整體歪歪斜斜的；水果切得太碎，乍看之下像是什錦蔬菜，只有麝香葡萄特別巨大……

看來對她而言，這並不是一個值得整個帶回家珍藏的作品。

「妳能幫忙泡杯茶嗎？」

「嗯……好啊……」

佐渡谷女士從她的「魔法師包包」裡拿出茶包遞給我，而我則遞給她一把適合新手使用的短柄海綿蛋糕刀。

「我來切吧，然後妳們把剩下的裝進盒子帶回去。」

這時，佐渡谷女士沒有把刀交給順子小姐，而是親手將水果塔切出三份。她將刀刃放在瓦斯爐的火焰上輕輕加熱，一刀劃開塔皮後，用布巾擦拭刀面，

041

然後再次加熱，如此反覆進行。我則一邊倒熱水進茶杯，一邊用餘光觀察她俐落地使用專業手法切水果塔的樣子。橫切面整齊平滑的話，即便是一個製作不怎麼完美的水果塔，也會變得精緻。順子小姐看到切好的水果塔，表情也微微發生變化。

我們三人拉來圓凳，圍坐在不鏽鋼工作檯前，把它當作餐桌，彼此對視一眼，不禁都露出一抹「總算完成了」的表情。

「來，請享用吧。」

在佐渡谷女士的招呼下，順子小姐拿著叉子，盯著眼前的水果塔發愣，然後說：

「總覺得……有點像披薩。」

我能理解她的意思。無論怎麼看，這都不是她原本想像中那種充滿清爽感的水果塔，比較像截然不同的東西。她的表情彷彿即將接受審判一般，緩緩將叉子插入水果塔，切下一小塊，放入口中。接著，她點了點頭。

「……很好吃。」

佐渡谷女士也嘗了一大口，隨即說道：

「哎呀，好吃耶！做得不錯嘛！」

最後，輪到我將塔放入口中，並說出感想。

「好吃，嗯，很好吃。」

我沒說謊。當然，這並非超乎預期的美味，由於她手法生疏，口感與味道上多少會有問題。如果是我店裡的年輕員工做出這種成品，我恐怕會毫不猶豫地要他們拿去丟掉，但評價取決於標準的設定方式。

「蛋糕店的師傅都稱讚妳了呢。」

聽到佐渡谷女士這句話，順子小姐搖了搖頭。

「如果能再做得更好一點就好了……」

從這句話來看，她是否真的覺得好吃，還是個謎。

「已經很好了，很好吃哦，真的。我還想再吃一點。」

倒是佐渡谷女士，一副像是自己做出來似的，不斷重複說著「好吃」，很快地就把水果塔吃完了。而順子小姐則是露出猶豫的表情，盯著水果塔。

為了讓她能把剩下的水果塔帶回家，我拿出結束營業的甜點店外帶盒，將水果塔放進去交給她。還剩下一些保冷劑，我便問她：

「您回家大概要多久呢？」

這才發現，順子小姐不住在附近，而是住在市中心，讓我不禁感到驚訝。

043

究竟，她為什麼要特地跑來這裡學做料理呢？謎團又多了一個。不過，這場充滿謎團的甜點課，在她說了一聲——

「謝謝您。」

然後從廚房的後門離去的背影中，畫下了句點。

「她看起來很有精神，真是太好了。」

佐渡谷女士一邊熟練地整理別人的廚房，一邊這樣說。我心中有許多疑問，但又不太想被牽扯進去，因此保持沉默。

「剛才的水果塔，真的好吃嗎？」

佐渡谷女士突然這樣問，讓我覺得有些意外。她的表情與其說是擔心，不如說是純粹好奇。我稍微猶豫了一下，但還是誠實地回答：

「嗯，當然，確實有種『第一次做蛋糕』的感覺……但還是有完成。雖然手法不熟練，但做得很用心。」

那就好。佐渡谷女士露出放心的微笑。

「不過……這應該不是她原本想要的那種水果塔吧——」

我話才說到一半，佐渡谷女士便露出我知道的表情，點了點頭。

「應該是那種塔皮先烘烤好，裡面只放奶油的款式吧？或者是夾了海綿蛋糕的那種？」

她嘆了口氣。我覺得這是第一次見到她露出如此正經的表情。

「⋯⋯算了，接下來就交給她自己決定吧。」

交給她自己決定？又浮現一個新的疑問。

「以前我也常做點心，不過一陣子沒做後，手法就變生疏了。今天真的謝謝妳幫忙，我由衷地感謝妳。」

佐渡谷女士向我深深地鞠了一躬，我一時之間不知道該如何回應，只好簡單回應：

「不客氣，畢竟我有收報酬嘛。」

「還有，外帶盒的事情，我很抱歉。畢竟用專業的點心盒裝業餘做的點心，心裡難免會抗拒吧？」

她多說了一句。這讓我覺得，她其實很細心地觀察著別人的反應。

「不過⋯⋯或許放進這個盒子裡，那個『披薩水果塔』回家之後，就會變得更好吃一些吧。」

她像是在向神明祈禱般，對我雙手合十。

045

她雙手合十的時候，我以為佐渡谷女士只是因為顧慮我的心情才這麼說。但讓人驚訝的是，那個水果塔似乎真的變得「更好吃」了。我得知這件事，是在一週之後的某天晚上——

「晚安！」

晚上六點多，佐渡谷女士再次從廚房的後門探頭進來。

「做好了嗎？」

她滿心期待地詢問，我指了指放在工作檯上的外帶盒，點了點頭。

「謝謝！我該付多少錢呢？」

我告訴她「翻轉蘋果塔」雖然以前在店裡賣過切片的款式，但也就一兩次，更別說是賣整顆蘋果塔了。因此我計算了一下材料費和大致的工資，再告知價格。她迅速拿出錢包，然後突然開口道——

「上次來這裡的順子小姐啊，決定辭掉工作了，她之前一直都因病請假。」

「……什麼？」

我一時跟不上話題，愣愣地反問。

「她在這裡做了水果塔後，彷彿放下心結了呢。」

佐渡谷女士毫不在意，像是等不及要分享似的，快嘴說出順子小姐的事。

「做完水果塔之後，她去自己公司附近常去的咖啡館，點了以前最喜歡的水果塔來吃。」

「雖然不太清楚，但她應該是去確認味道吧？」

當自己做的「披薩水果塔」被大家稱讚好吃，但心裡有些疑惑的時候，去回味一下原本熟悉的味道，也是可以理解的。

「沒錯！然後呢──」

佐渡谷女士大大地吸了一口氣，驕傲地說：

「她吃了一口後，不可思議地發現竟然沒有以前那麼好吃，總覺得少了些什麼！這很正常吧。」

我點頭贊同。

「雖然手藝不精，但披薩水果塔的味道確實比較扎實。」

「愛鑽牛角尖的人，就是要花時間才能搞懂什麼是好吃，真麻煩啊。」

佐渡谷女士說著，把紙鈔和零錢遞給我。我問她是否需要收據，她擺擺手說不用，然後指了指水果塔的盒子。

「明天，順子小姐要來我姪女的診所，我想帶這個翻轉蘋果塔去，三個人一起吃。」

047

她笑著說，妳做的蘋果塔，我一定要讓她們兩個嘗嘗看。

「姪女的……診所？」

我一頭霧水地問道，佐渡谷女士眨了眨眼。

「啊，我沒跟妳說過嗎？順子小姐其實是我姪女的病人，不對啦，應該說是個案。現在應該稱呼診所為『心理諮商室』才對吧。」

越來越多陌生的詞彙接連冒出來，讓我更加摸不著頭緒，但佐渡谷女士自顧自地繼續說：

「她明明很優秀，卻無法再去公司上班，於是來找我姪女聊聊。不過，這次的經歷，或許讓她稍微明白，自己不是銀座的水果塔了。」

個案、心理諮商室、無法上班、奇怪的料理教室……總覺得謎團逐漸解開。模糊的拼湊出這位奇怪的大嬸，正在做什麼事。

「而且，她的名字剛好也叫順子嘛。」

我這樣回答。

挑了一個我不用打工的日子，今天順子小姐天一亮就來到廚房。當然，身穿洋裝、胸前別著一個蜻蜓胸針的佐渡谷女士也一起來了。

「白井小姐的翻轉蘋果塔真是太好吃了，聽說做法比水果塔簡單。」

順子小姐今天將頭髮整理得像空服員一樣整齊，還帶了圍裙。也許是因為不是約晚上，或是心情有所改變，她看起來比上次開朗一些。

「我真心希望能向白井小姐學做那個翻轉蘋果塔。」

雖然我不記得自己答應要教，但不知不覺就變成這樣，而主謀佐渡谷女士則哼著歌，將順子小姐這次帶來的材料擺放在工作檯上。

「因為聽說要用紅玉蘋果……」

順子小姐從袋子裡拿出小巧的紅色蘋果，還是像之前那樣不計成本，選的材料非常好。我無奈地開始解釋。

「翻轉蘋果塔其實也是一種水果塔，但只用蘋果製作，蘋果是主角。就算沒有塔皮模具，只要有可以進烤箱的堅固鍋子，也可以做。」

「用鍋子？做蘋果塔？」

順子小姐露出了驚訝的表情。

「這次的做法跟上次做的水果塔完全相反，我們要先處理水果。先把蘋果煮熟，然後把它們緊密地排在鍋底，再把塔皮放在上面，然後放進烤箱烤，最後再把它翻過來。」

我拿起一個小鍋，示範了把鍋倒過來的動作。

「烤好後再翻過來……真的是截然不同的發想呢。」

順子小姐一副很敬佩的樣子。

「其實這道甜點是因為失敗而誕生的呢。」

開始削蘋果皮的佐渡谷女士，講解了這款甜點的來歷。

這雖然是個相當普遍的傳聞，但據說翻轉蘋果塔誕生於十九世紀後半的法國。當時經營飯店的泰坦姊妹，在製作餐後甜點「蘋果塔」時，不小心忘了先鋪塔皮就把蘋果送進烤箱。她們驚慌之下，臨時起意把塔皮蓋在上面，然後將整個甜點倒扣過來，結果意外地完成了一道美味的甜點。由於塔模底部的蘋果經過焦糖化作用，產生了絕妙的風味，這道因偶然誕生的翻轉蘋果塔立刻成為飯店的招牌甜點。

「大概是姊妹當中比較隨興的那位說的吧——『沒關係啦，烤好後翻過來就一樣囉！』」

佐渡谷女士一邊說，一邊模仿姊妹的口氣。

「我也想要這種強勢的個性……」

順子小姐小聲嘆息著，手上卻笨拙地將紅玉蘋果切成八塊。看著這一幕，佐渡谷女士說：

「順子小姐，妳太聰明了，大家都誤以為妳是個強勢的女人。結果妳也勉強自己去迎合這個形象，最後把自己累壞，真是可憐。」

順子小姐只是嘆了口氣。

「無論是公務員還是企業員工，比起認真和細心，最後真正被需要的還是那種強勢啊……」

她自顧自地開始說起自己的事——她曾在名稱帶有「產」或「經」字的國家機關工作，但在那裡撐不下去，於是轉職到能源相關的大型企業。然而，在那裡工作久了，身體也開始出狀況，最後不得不離職。

聽著她的故事，我們三個人一邊動手，一邊讓作業繼續進行。投入鍋中的堅硬紅玉，在糖的作用下慢慢變得透明，漸漸變軟，散發出美味的光澤。

「好漂亮……」

看著熬煮成金黃色的蘋果，順子小姐讚嘆道。我則稱讚這蘋果果然酸味適中，且不易煮爛，是個好食材。

佐渡谷女士也湊過來看，不過她關心的重點不是蘋果，而是順子小姐。

「妳以前當過公務員啊？我還不知道呢。不過『順子』這個名字倒是滿適合公務員的。連那份工作也不適合妳啊……」

她一臉認真地說著相當失禮的話，但順子小姐只是搖搖頭。

「就像水果塔一樣……我總是憑外表判斷，沒有好好確認裡面到底適不適合自己，結果選錯了工作……」

她話說到一半，忽然停了下來。

「哇，這是什麼？好香啊！」

她把目光轉向我正在爐子上翻炒的另一口鍋。

「這是焦糖醬。」

我一邊用奶油、砂糖與香草莢熬煮，一邊解釋道：「等這鍋焦糖醬做好，我們就把煮好的蘋果鋪進去，最後再蓋上塔皮送進烤箱。」

「這道塔，外觀是蘋果，裡面也是蘋果，很一致。」

「很容易理解呢。」

順子小姐彷彿感到安心般點了點頭，然後輕聲呢喃道：

「希望……我也能找到這樣的工作啊。」

說實話，以她的學歷與經歷，應該很搶手才對，很快就能找到新工作吧。

就算失業，也能領失業補助，而且有經濟餘裕能去佐渡谷女士姪女開的心理諮商診所接受輔導。相比之下，我的店因經營困難而關門，身心俱疲卻還是得為了生活去打工賺錢。我才比較可憐吧？要同情也是同情我才對，我偷偷瞪了佐渡谷女士一眼。然而，當視線轉向正在凝視鍋中食材的順子小姐時，我想起了她眼底那抹彷彿深淵般的陰影。她背負的東西，或許比我沉重得多⋯⋯

「那根黑黑的棒子，是什麼？」

順子小姐的問題，讓我回過神來。我回答是香草莢之後很驚訝地問：

「咦？妳不知道？沒見過嗎？」

順子小姐點點頭，看起來不像是裝不懂，而是真的沒見過。

「香草是一種草嗎？」

「草⋯⋯那倒不是，這黑黑長長的是豆莢，是一種豆子。」

「豆莢？所以才叫香草豆啊，原來如此。」

佐渡谷女士從認真學習的順子小姐旁邊湊了過來，稱讚香草莢好漂亮。

「因為是馬達加斯加產的。」

我帶著一點得意的語氣回答。

「難怪，不是這個產地的話，絕對不會有這種香氣。」

佐渡谷女士深深吸了一口氣，彷彿要把那種融合了焦糖與奶油的絕妙香氣

053

完整吸收進去。

「我以前一直以為香草只是香料。」

順子小姐的這句話，從各種角度來說都有些錯誤，不過我沒有糾正她，只是淡淡地說「這才是真正的香草」。然後，我將鍋子從火爐上拿下來，把已經完成任務的香草莢取出。接著，我請順子小姐負責擺放熬煮好的蘋果，讓蘋果呈放射狀整齊地排列在鍋底的焦糖上，以確保脫模倒扣時，蘋果塔的表面會更加美觀。

「說到剛剛的故事……」

佐渡谷女士一邊看著順子小姐擺放蘋果，一邊開口說：

「有一種說法認為，泰坦姊妹的失誤催生出『翻轉蘋果塔』這個甜點，其實是杜撰的故事。」

喔——這是我第一次聽到這種說法，不禁露出感興趣的表情。佐渡谷女士說，這是以前在法國時，從一位甜點師那裡聽來的……我沒有錯過關鍵字——她曾在法國待過。

「其實，自古以來法國那個地區就流傳著類似的蘋果甜點。據說，當時有個專門尋找法國各地美食的美食家還是報社記者，為了編寫美食導覽書而造訪泰坦飯店。他在那裡吃到這道蘋果甜點大受感動，覺得一定要介紹這款甜點。但問題是，外觀實在太樸素，所以他覺得若能搭配一個有趣的故事，應該會更有吸引力，所以才出現這個編造的故事。」

這樣的說法很不浪漫就是了。然而，我卻說：

「這樣更有說服力。畢竟，怎麼可能有人會忘記鋪餅皮就直接放蘋果呢？」身為同行，我自然是站在捏造派這一邊。

「說得也是。」佐渡谷女士一邊說，一邊摸著下巴，接著轉頭看向順子小姐。

「如果是這樣的話……那泰坦姊妹或許並不是什麼迷糊大姊，也不是那種能將失敗轉為成功的強勢女性呢。」

順子小姐聽著，臉上沒有什麼表情，但還是微微點頭表示同意。

順子小姐擺完熬煮好的蘋果後，我從冰箱裡取出事先按照鍋子尺寸裁切好的厚實塔皮，讓她學著覆蓋在蘋果上。已經熟悉製作流程的佐渡谷女士，則是迅速退到一旁，讓出通往烤箱的空間。

「用一百八十度烘烤約三十分鐘。」

我將翻轉蘋果塔放入烤箱，關上門然後設定好計時器。順子小姐則從烤箱的細長小窗專注地觀察著塔皮的變化，似乎對烘焙過程充滿了興趣。

「不過，無論傳說是真是假，翻轉蘋果塔是真的很好吃。」

佐渡谷女士自信滿滿地說道。

「還有哦，這道甜點最美味的吃法，就是趁熱享用。」

她迫不及待地搓了搓手，流露出期待的神情。

幾天後，我在「帕斯卡爾」的展示櫃裡擺放蘋果派時，腦海中閃過了順子小姐帶來的紅玉蘋果。那真的是一等一的好食材。看來，為了撫慰順子小姐而開設的「甜點課」，暫時告一段落了。

「姪女拜託我的。算是一種復健？讓接受心理諮商的人，做些能讓心情放鬆的事。」

佐渡谷女士過了很久之後才解釋。果然是這樣。奇怪的甜點教室之謎，到此完全解開了。她希望能再開一次課……但說實話，那兩天教她們做水果塔和翻轉蘋果塔的經歷，對我來說並不輕鬆。那些過程讓我思考了許多事，也讓我感到心情沉重。看著有心事的順子小姐，總讓我忍不住將自己投射到她身上。而最讓人難受的，是在這間廚房裡製作與教學的時候，會勾起過去開店的回憶……好痛苦。為了自己的心理健康，我還是別再讓其他人進我的廚房比較好。

「『失敗孕育成功』的翻轉蘋果塔，原來是個謊言啊……」

現實，沒那麼輕易就能翻轉。我喃喃自語，繼續將布列塔尼蛋糕等點心擺進展示櫃。

「白井小姐，妳差不多該休息了吧？有點事想找妳聊聊。」

「帕斯卡爾」的經理跟我搭話。管理這間店的男經理與我年紀相仿，他請我一起前往休息室。

「啊，好，我這就過去。」

我心想不知道有什麼事，急忙收拾布列塔尼蛋糕，跟在他身後。難道我犯了忘記鋪塔皮就烤甜點之類錯嗎？

來到車站大樓內的店鋪共同使用的地下休息室後，我和他面對面坐下。

「白井小姐，聽說妳以前在這附近的甜點店工作？」

他突然這麼問。啊，被發現了。

「……是的。」

「履歷表上，沒寫這件事吧？」

我知道無法再隱瞞，只好老實承認。

「抱歉。我之前在○×町經營了一家『白色甜點店』。不過，已經結束營業了。」

「經營？也就是說，妳是店長？」

他顯然很驚訝，似乎並不知道這一點。帶著難以置信的表情，他繼續說：

「剛才有客人在店門口聊天，說我們店該不會是『收購了白色什麼的店』，還連同老闆都一起……我一時聽不懂那是什麼意思？」

他毫不掩飾地說出來，讓我忍不住笑出來。

「那間店不值得收購啦。」

我接著解釋。

「因為經營困難才結束營業。不過恢復原狀需要一筆錢，所以我才先來這裡工作。」

「原來如此……」

經理聽完之後表情透著一絲同情，沉默了一會兒，但深深皺起眉頭說：

「我們公司有規定，基於食譜外流等商業機密的考量，不聘請同行或專業人士當兼職。總公司對這方面很嚴格。」

如果只是單純的店員，可能還能睜一隻眼閉一隻眼，但⋯⋯他看著我，語氣帶著歉意地說：

「不過畢竟妳曾經是店長，恐怕只能請妳做到今天了，真的很抱歉。」

經理稍微低頭表達歉意。

「咦？可是，我的店已經關了啊？」

我一臉困惑地回應。

「妳將來打算再開一家店吧？這樣的人，我們沒辦法讓妳進入廚房。」

對方毫無表情地這麼說。我沉默地盯著他看了一會兒⋯⋯

「我明白了。隱瞞經歷的事情，真的很抱歉。」

我低頭道歉，然後起身離開，甚至沒有回頭看一眼。

「什麼⋯⋯」

我忍住想把這頂超級俗氣、據說是法式風格的制服帽子狠狠甩在地上的衝動，回到店裡迅速收拾行李。

「什麼企業機密啊⋯⋯」

誰會偷那些破食譜啊！那種平凡得不能再平凡的配方，連壓力大的上班族都能照著做。食材也不怎麼樣，做出來的法國麵包乾癟無味，奶油酥餅根本該改

059

名叫奶油大餅吧！這種店，我才不稀罕！我在心裡狠狠地回嗆。

徑直回到結束營業的廚房後，我坐在工作檯旁，呆呆地發愣。

「……強勢的女人嗎？」

先前用來做翻轉蘋果塔的小鍋還擺在那裡。我忍不住對泰坦姊妹產生共鳴和同情。只因為她們是女性經營飯店，就被貼上「強勢的女人」這種標籤，甚至還被捏造出「她們將失敗變成成功」的故事，流傳了整整一個世紀。但現實呢？或許她們只是懦弱的姊妹，也會膽戰心驚地熬著容易燒焦的焦糖醬。

「我自己也是啊……」

我拿起那口用了五年，終於養出油潤光澤，導熱也變得均勻的銅鍋。如果我再「強勢」一點，就不會讓這家店關門了吧？就算要借錢，也會堅持經營下去……

我嘆氣的時候，手機傳來了新郵件的通知聲。點開一看，發現是佐渡谷女士轉發順子小姐的郵件。我上次對紅玉蘋果的採買地點很好奇，所以特地問了一下。

白井小姐

　　謝謝您上次的指導。不好意思，這麼晚才通知您，那批紅玉蘋果是在這個網站購買的。我偶然發現這個農場，似乎評價很好，也很受歡迎。

　　佐渡谷老師和白井小姐教我如何做翻轉蘋果塔，透過這個過程，我也重新審視了自己，終於看開並下定決心向公司遞交辭呈。

　　然而……出乎意料的是，上司竟然努力挽留我。我苦惱了很久……最終還是決定留下來。雖然內心依然不安，但我終究沒有辭職的勇氣……只能寄望於吃翻轉蘋果塔，讓自己變得更強勢一點吧。

　　讀完這封郵件，感覺又被擊倒一次，我忍不住哀嚎。想辭職的人辭不掉，不想辭職的我卻被解雇。我明明就已經表達「我是很脆弱的女人」，但現實卻毫不留情地一直把我擊倒。我再次嘆了口氣，這時手機又響了起來，這次是來電。

　　「白井小姐？我剛剛轉發順子小姐的郵件，妳收到了嗎？」

　　是佐渡谷女士。我用低沉的聲音說剛剛看了，然後問起順子小姐的事。

　　「順子小姐說決定繼續工作了……她真的沒問題嗎？」

061

佐渡谷女士沉默了一會兒，然後淡淡地說道：

「我還以為這次她會辭掉的呢……但她就是這樣，一直在離職與復職之間來來回回，同時也持續去做心理諮商。」

佐渡谷女士的語氣平靜。

「雖然不斷徘徊，但她還是一直往前走呢。」

但是用帶著愛的語氣說：

「謝謝妳關心她。」

聽到她表達謝意，我反而忍不住吐露了自己的狀況。

「能被挽留，還真讓人羡慕呢。我可是被『帕斯卡爾』解雇了。」

「解雇?!」

她的聲音大到讓我下意識把手機拿遠了一點。

「妳犯了什麼大錯嗎？」

佐渡谷女士的聲音聽起來有點興奮。

「什麼都沒做。只是被發現我是專業人士……他們好像覺得我會偷食譜。」

什麼?!她又是一聲誇張的反應。

「誰會去偷那種東西啊！那種只是模仿來的糕點跟麵包！」

她的語氣突然變得不悅，甚至開始喃喃抱怨起來，顯得比我還不高興。

「啊，說到這個⋯⋯」

她像是忽然想起什麼似的，又恢復了平時爽朗的聲調。

「同一個車站大樓裡的『黛西可特』！最近也在招募兼職人員哦！」

「那家賣百元泡芙店？」

這家店不用說我都知道，那是全國連鎖的甜點店，隨處可見，和「帕斯卡爾」之間只隔了三間店舖。

「那家店也一直人手不足，總是在招人呢。」

「⋯⋯妳是要我去那裡工作？」

我目瞪口呆，完全說不出話來。

「這有什麼問題？」

佐渡谷女士理所當然地反問。

「他們的泡芙可是比『帕斯卡爾』便宜，還更好吃呢。」

我沉默不語。既無法同意，也無法反駁。

那天晚上，我又寫了一份假履歷，一邊思索到底怎樣才叫做強勢的女人。

063

Recipe 3

渾沌就是美味的伊頓混亂

「咦？馬卡龍？」

我用帶著抗拒的聲音，回應在電話那頭的佐渡谷女士。在結束營業的廚房裡看著別人做或教別人做甜點，對我來說實在太過折磨，所以我已經明確告訴她，這種事我不會再做了。然而——

「妳說得沒錯，我懂，真的很抱歉啊。」

她語氣誠懇地同意了……但隨即又懇求說：可是啊，我姪女已經答應人家，這次能不能再幫一個人？這真的是最後一次了。我再三強調這真的是最後一次，勉強答應了。

「所以，這次要做什麼？」

一問之下，得到的卻是一個讓人大嘆不妙的甜點名稱——

「做個水果塔就好了嘛，怎麼每次都挑這麼難的東西啊……」

「因為是外行人啊，沒辦法吧。」

佐渡谷女士這樣安撫我。

「我確認一下，妳說的馬卡龍，指的是『馬卡龍．里斯』（Macaron Lisse），對吧？」

「對，是里斯的那種，也叫巴黎風馬卡龍。可不是那種古早味的馬可龍喔。」

佐渡谷女士笑了出來。只是隨口試探了一下，卻得到這樣的回答……這個女人，應該真的在法國認真學過甜點吧？她對製作糕點的知識感覺似懂非懂，卻其實懂得不少……真是個捉摸不透的人啊。我心裡暗自想著的時候——

「這次要教的對象是個國中生，所以我也覺得有點棘手……」

佐渡谷女士開口這麼說。

「咦？妳剛剛說什麼？國中生？」

我驚訝地反問。

「不過沒關係，都已經國三了。」

我沒力氣再回嘴，只能簡單說句「休息時間結束了，晚上再打給妳」便掛斷電話。

「今天點數五倍！參考一下我們的超值泡芙和閃電泡芙組合吧！」

我相當熟練地跟顧客打招呼，手上一邊將售價含稅一百三十日圓的泡芙擺進展示櫃。幾個月前的我，絕對想像不到自己會變成現在這副模樣。不過，這身「黛西可特」的制服還算有點懷舊感，這種老土的設計，比起自以為時尚但其實更土的「帕斯卡爾」，還算能讓人接受。最近我也懶得再化濃妝了，畢竟不管怎樣，過去的老顧客們還是認得出來。

前幾天，以前的熟客來到店裡，那位婦人壓低聲音對我說：

「我聽說了喔，妳開的店經營困難，『帕斯卡爾』就趁機挖角妳，然後從妳那裡偷了不少食譜，最後再把妳一腳踢開，對吧？……啊，我要五顆泡芙的組合，麻煩妳了。」

說完，她便抱著泡芙轉身離去。我連反駁的心情都沒有。說到底，無論是我們店裡的布列塔尼酥餅還是「帕斯卡爾」的奶油酥餅、全國連鎖店的泡芙，根本沒有什麼差別，這麼認為的客人比想像中的多更多。到外面工作之後，我才真正體會到這件事，也算是種學習吧。不過，即便是現在，我依然不認為當初應該在店裡販售便宜的瑞士捲。

「麻煩一下。」

一樣是在這裡打工的前輩，搬來一箱從工廠運來的商品，我迅速接過來。打開後，看到裡面的內容物——

「啊，馬卡龍。」

我忍不住喊出來。雖然每天都在擺放這些商品，但這還是我第一次真正意識到這是「馬卡龍」。顏色繽紛又可愛，難怪國中生會想要試著製作。

據說馬卡龍最初是因為修道院內不能吃肉，為了補充蛋白質使用杏仁與蛋白製作的糕點。最初應該只是樸素的杏仁餅乾，但隨著時代變遷，在法國各地發展出了不同類型的馬卡龍。佐渡谷女士提到的古早味「馬可龍」雖然名字相似，應該也是源自同一個脈絡。其實，早在現代馬卡龍風行之前，日本就已經有這種甜點了。過去，日本人愛吃的款式有內含花生的日式馬可龍，也有加入椰絲的西式馬可龍，經常出現在綜合餅乾禮盒裡。不過，因為很甜口感又粗糙，小孩子通常不太喜歡，最後剩下的都是馬可龍。

相較之下，近年才傳入日本的「馬卡龍．里斯」（Macaron lisse），和原版一樣都是用杏仁和蛋白製成，但口感輕盈，兩片圓餅之間夾著一層奶油餡，口感絕佳。這款來自巴黎的甜點，不僅美味，外觀也極為精緻。日本曾經掀起一股馬卡龍熱潮，雖然現在熱度稍微退燒，但許多店家仍將其作為經典甜點販售。

那些精美包裝的馬卡龍，一顆售價是泡芙的兩倍。我再次仔細端詳，想也知道這種連鎖店販售的版本，為了節省成本與製作時間，餅皮裡頭應該摻雜了各種廉價材料，內餡的奶油也很貧瘠，色素下手過重。不用試吃我也能想像出它的味道，但即便如此依舊賣得很好，畢竟可愛的外表就是制勝關鍵。國中生想做這款甜點的理由，除了「可愛」以外，大概也沒別的了。這次的要求和上次的水果塔一樣，若是失敗，場面會更加慘烈，成功的機率也更低。即便如此，佐渡谷女士還是願意讓那個孩子挑戰，究竟是為了什麼呢？我腦海中浮現出佐渡谷女士的臉。

「她根本沒多想吧。」

我喃喃自語，然後繼續補貨的工作。

「您好，請多指教。」

平日午後，跟著佐渡谷女士來到廚房的這位十四歲女孩，脫下頭上的針織帽，低下頭恭敬地打了聲招呼。她留著短髮，有種男孩子氣的感覺。雖然穿著流行品牌的連帽衣，但風格並不花俏。因為要做馬卡龍，我原本還以為會是一個帶著少女氣息的女孩，所以讓我有些意外。畢竟對方還是國中生，所以這次所有的材料都是佐渡谷女士事先準備好的，但女孩仍然主動幫忙，把材料一一從袋子裡取出來。正當我覺得失望時，佐渡谷女士像是在向她道歉似地說：

「結杏妹妹，馬卡龍其實是很難做喔，說實話，我也不太擅長呢。今天就交給專業的白井老師，我只是助手喔。」

她一開始就擺出撒嬌的態度，讓我忍不住低聲對她說：

「妳之前不是說，『我不是要妳當老師』嗎？」

而佐渡谷女士卻一派輕鬆地回答：

「哎呀，妳不是說過，『如果是要讓我來教課，我還能理解』嗎？」

呃……我一時語塞，這時結杏妹妹開口了。

「去做心理諮商的時候，真奈美女士有時會送來手工蛋糕，分量很大，吃起來很有滿足感，而且非常好吃，我真的很喜歡。原本想請教那款蛋糕的做法……但我真的很想試試看做馬卡龍。」

我看著這位細心顧及佐渡谷女士情緒的青少年，忍不住心生讚嘆。竟然能說出這麼體貼的話，簡直像個大人一樣。結杏妹妹客氣地向我點了點頭。

「很少有機會能向專業人士學習，我今天真的很開心。」

我看向佐渡谷女士開口說：

「妳是不是該學學人家說話的方式？」

「都這把年紀了，想改也改不了了。」

佐渡谷女士笑著，結杏妹妹也跟著笑了起來。我無奈地苦笑，然後開始準備工具，從擠花袋的準備工作開始。

「想要做出外觀漂亮、口感細緻的馬卡龍，其實有一些很少人知道的技巧……」

我一邊思考該用多認真的態度來教這位國中生，一邊拿出商用的立式攪拌機，開始教她如何打發蛋白霜。

「妳家裡有手持攪拌機嗎？」

我這樣問，她便點點頭回答：

「有，我用那個打發過蛋白霜，還做過戚風蛋糕。」

喔，這樣啊。我不禁心生讚賞。我很喜歡她能迅速接上話題這一點。看來她應該也很常做甜點。

「和做戚風蛋糕一樣，要把蛋白打發直到變硬，就能製作蛋白霜，但做馬卡龍的話，接下來的步驟就有點不同了。」

我想起上次的經驗，所以刻意自己打蛋，俐落地將蛋白與蛋黃分開，一邊動作一邊解說。

「打好的蛋白霜裡加入糖粉和杏仁粉攪拌均勻之後，接下來要故意把蛋白霜的泡沫壓破。如此一來，才能讓馬卡龍的表面光滑細緻。」

結杏妹妹聽完，露出驚訝的表情。

「好不容易打發完成，卻要把泡泡弄破嗎？我做戚風蛋糕的時候，可是非常小心不讓泡沫消掉的耶！」

哦，這反應不錯。我繼續說：

「大部分的甜點確實都是這樣，但馬卡龍不一樣。壓破泡沫的步驟可以說是整個製作馬卡龍的關鍵。」

佐渡谷女士從旁插話：

「這項技法呢，叫做馬卡……馬卡、馬卡、那個什麼來著……」

「是馬卡羅納吉（macaronage）。」

我心裡想著，講不出來就別亂插話，但還是說出正確答案。接著，我在蛋白裡加了微量的天然紅色素，然後把攪拌盆裝上攪拌機。結杏妹妹彷彿是在看化學實驗一般，認真地盯著攪拌盆的內容物。只要對方是認真的，無論年紀多小，我都不會隨便教。

「首先，要確實打發蛋白。然後，不要害怕，把泡泡壓破。來，試試看吧。」

我啟動攪拌機。

「壓破……」

雖然聲音被攪拌機蓋過，但我還是聽到她低聲呢喃了一句。她專注地凝視著攪拌盆內的蛋白逐漸變成細緻的泡沫，我注意到她臉上帶著一絲不安。佐渡谷女士說，這是應姪女要求才帶她來的——也就是說，結杏妹妹這個年紀就已經在接受心理諮商，心裡一定有些煩惱。她還好嗎？我不禁有些擔心，但佐渡谷女士本人卻完全沒察覺我的擔心。

「那助手就把糖粉和杏仁粉過篩囉！」

開朗地進行後續的作業。

「好漂亮……」

結杏妹妹的眼睛閃閃發亮，盯著越來越硬而且逐漸變得有光澤的淡粉色蛋白霜。看著她的表情，我默默祈禱她能順利完成。

當蛋白霜被打發至偏硬、能夠出現明顯的尖角時，我關掉攪拌機，把刮刀遞給結杏妹妹。

「首先，先把粉類拌進去。就像做海綿蛋糕或戚風蛋糕一樣，用切拌的方式。」

她毫不猶豫地接過刮刀，依照我的指示動作。她的手法很熟練，一看就知道不是第一次做。我對她的靈巧再次感到訝異。

「很好，很好！接下來，終於要進入馬卡羅納吉的步驟了。我先示範一

075

下。」

我拿起刮刀，將蛋白霜貼著攪拌盆壓扁，示範如何消泡。結杏妹妹目不轉睛地盯著，然後說：

「有點……可怕……」

但我鼓勵她：沒問題的，妳一定可以！然後把刮刀遞給她。結杏妹妹再次握住刮刀，鼓起勇氣開始挑戰。

「……好可怕。但是，蛋白霜意外地結實耶。」

她一邊這麼說，一邊感受著這團既柔軟又有彈性的蛋白霜，努力與它對抗。

「不用太客氣！對，就是這樣！刮刀要大範圍轉動！」

在我的鼓勵下，蛋白霜逐漸變得柔滑，這就像是將剛才的步驟倒帶一樣。

「當麵糊從刮刀滑落呈現出緞帶狀時，就完成了。」

她緊盯著刮刀與蛋白霜，沉默地專注於手中的動作。製作甜點當然需要細膩的技巧，但本質上這也是一門運用化學變化的技術。因此，「力道」、「速度」和「時機」同樣重要。有時候，與其過於謹慎，倒不如憑藉大膽的動作或者判斷力，更能大幅改變成品的完成度。即便按照教科書的順序製作，也不一定能做出好的成品。

「好，可以停手了！」

在我準備開口的前一刻，佐渡谷女士搶先一步，大聲喊道。

「完美！結杏妹妹！」

她雙手合十，誇張地稱讚著。這個大嬸還真是誇張啊，我無奈地看著她。接著，將麵糊以最佳狀態裝入擠花袋的步驟有點難，所以這一步我親自來。

我示範如何依照烤盤上的圓形標記，旋轉擠出麵糊。結杏妹妹眼睛眨都不眨，一直盯著我的動作。

「先當作是練習，試試看吧。」

當我將擠花袋遞給結杏時，雖然她的動作不快，但出乎意料地靈巧，把麵糊穩穩地擠到烘焙紙上。

「妳以前做過嗎？」

「做過一點而已。」

結杏妹妹一邊專心作業，一邊回答。我毫不懷疑，她將來一定會朝著糕點師的方向發展。

「真的好厲害喔。」

佐渡谷女士瞥了我一眼，像是在炫耀自己帶來的孩子一樣。

077

雖然還不到完美的程度，但結杏妹妹還是努力畫出了許多圓圈，擠完所有的麵糊。馬卡龍製作最困難的部分基本上已經完成，接下來，只要等麵糊風乾到用手觸碰也不會沾黏，再放進低溫烤箱烘烤即可。

「大概十個裡面，只有一個是圓的吧？」

結杏妹妹一邊喝著佐渡谷女士泡的紅茶休息，一邊盯著那些正在風乾的馬卡龍麵糊這麼說。佐渡谷女士搖了搖頭反駁。

「全部都擠得很圓啊。現在雖然看起來有點扁，但烘烤的時候形成裙邊，最後的成品一定很好看，別擔心。」

她說得沒錯，烘烤後麵糊表面會鼓起來，並在底部形成名為「皮耶（pied[1]）」的裙邊，使馬卡龍擁有適當的厚度。為了誘發這個變化，之前的每一步驟，包括消泡在內都不可或缺。

「真的沒問題嗎……」

即使被誇獎，結杏妹妹仍然憂心忡忡地看著自己擠出的馬卡龍麵糊。

「妳平常有在做甜點嗎？」

我這樣問，結杏妹妹抬頭看了我一眼，然後點了點頭。

「像是情人節的時候，會做『友情巧克力』送朋友。」

原來如此。我點頭回應，再度凝視女孩的臉。這孩子真的有問題嗎？她很懂事，看起來也有在上學。

「還有，家人生日的時候會烤蛋糕……」

然而，她臉上並沒有那種天真爛漫的開朗。我想起我說要消泡時，她臉上流露的不安。

「如果以後能在特別的日子裡做馬卡龍就好了呢。放心吧，等進了烤箱就沒問題了。」

我指著還在等待風乾、扁扁的馬卡龍麵糊——

「消掉的氣泡，最後都會回來的哦。」

我開口掛保證。

「氣泡會回來……」

結杏妹妹看著馬卡龍，喃喃自語。

佐渡谷女士帶來花朵圖案的餐巾紙，將一顆淡粉色的馬卡龍放在上面。我

1 法語，意指腳。

079

獨自一人在廚房裡，靜靜地凝視它。這是剛才和佐渡谷女士一起回去的結杏妹妹特地留給我的。

「白井小姐，請收下這顆做得最成功的馬卡龍。」

結杏妹妹把它送給我。這顆馬卡龍不僅裙邊出得很好，厚度適中、表面光滑，趁烘焙時製作的覆盆子奶油餡的硬度，也做得恰到好處。雖然我們有幫忙，但對於第一次做馬卡龍的人來說，這樣的成品已經非常優秀。難得努力做出來，我本來要她全部帶回去，可她卻堅持留下一顆給我。她真的很靈巧又細心，這或許反而是她的問題所在。

我只是借出廚房而已，原本並不打算深究佐渡谷女士的事。可是……讓人在意的事，還是會忍不住在意。

「無論如何，我還是得跟她說一聲。如果要帶有問題的孩子過來，至少事先告知一些情況——」

我拿起手機，撥打了佐渡谷女士的號碼。結果，還沒等電話接通，我的身後就響起很大聲的〈Over the Rainbow〉鈴聲。我嚇了一跳，轉身看向料理檯，才發現佐渡谷女士的手機就放在那裡。她剛才還在努力拍照，說要傳給姪女看，結果就這樣把手機忘在這裡……就算想提醒她手機還在這裡，也無法聯絡。話說回來，要幫她送過去，我也不知道她住在哪裡？是在附近嗎？這才意識到自己對她其實一無所知，總而言之只能等了。過沒多久——

「太好了！白井小姐還在啊！我把手機忘在這了！」

佐渡谷女士邊說邊急匆匆地快步跑回來，裙襬隨著她的步伐飄動。我把手機遞給她，她接過後笑著說：

「啊～跑累了。我可以休息一下嗎？」

我點了點頭，說我也想問問結杏妹妹的事。

佐渡谷女士一邊喝著我泡的冰紅茶，一邊感激地說：

「也沒什麼大問題啦。我覺得，還不至於需要去做心理諮商呢。」

她毫不遲疑地解釋結杏妹妹的問題。

「不過，父母當然會擔心吧？曾經是班上成績最好的女兒，突然放棄準備考試，甚至交白卷。」

「這點小事，就被當成是心理有問題嗎？」

「她好像還曾經離家出走過一次。」

嗯……我雙手抱胸，盯著那顆優秀的馬卡龍。

「所以啊，她父母現在對她就像對待易碎物品一樣小心翼翼。如果結杏妹妹真的不想讀書，她媽媽是覺得，反正她手很巧，去讀職業學校也可以。」

聽到這裡，我嘆了口氣。

「好，我明白了，大概啦。」

佐渡谷女士露出充滿好奇的表情，盯著我問：

「什麼什麼？妳明白什麼了？」

「她的心情。我走過類似的路，所以能理解。或許這也是我會在意結杏妹妹的原因。」

「多說一點吧。」

她把空杯子遞過來，示意還要再來一杯冰紅茶。我看著她的樣子，心想——這人暫時是不打算走了吧。無奈之下，我轉身去冰箱拿冰塊，同時說出自己的推測。

「當我開始無法好好讀書的時候，父母也突然開始對我說『妳手很巧』這類的話。大概是因為我姊擅長理科又聰明，不想看到我在學業上被比較得一無是處，所以擅自幫我劃分出另一條路，讓我在那個領域顯得比較『優秀』。是因為這樣，我才踏上這條路的。結杏妹妹有兄弟姊妹嗎？」

佐渡谷女士歪了歪頭，表示自己不清楚。

「我猜，結杏妹妹從小就是被大家認定的『會讀書的孩子』，所以她也努力符合這個期待。但隨著年齡增長，總會發現世界上比自己更會讀書的人多得是。然後她開始失去自信，變得害怕，害怕如果考試失敗，該怎麼辦？」

「有可能耶。」

「如果在那裡失敗了，『會讀書的我』就會消失。那樣的話，就必須找到『能做其他事情的我』來取而代之。」

我指著粉紅色的馬卡龍，繼續說：

「她今天那麼努力，就是因為想找到『擅長做甜點的自己』來代替。我們今天可是誇了她不少呢。這樣下去，她說不定真的會去報考烘焙學校哦。」

「也許吧。」

佐渡谷女士這時終於露出了嚴肅的表情。我知道，她聽懂了我的話。而她沒有輕率地說出「那不是很好嗎？」之類的話，這一點倒是讓人佩服。

「最糟糕的，是父母或身邊的人不著痕跡地引導，讓她誤以為這是出於嗜好，自己選擇的道路。」

聽我這麼說，佐渡谷女士看著我的臉。

「那妳也是嗎？」

083

然後稍微遲疑地問道：

「妳本來想讀書，而不是做甜點，對嗎？像妳姊姊那樣。」

我搖了搖頭。

「這大概是我和結杏妹妹唯一不同的地方吧。父母確實是這樣引導我的，但幸運的是……」

我看著粉紅色的馬卡龍，伸出拇指與食指，捏起這唯一的一顆。

「啊……」

佐渡谷女士忍不住輕聲驚呼，但我毫不猶豫地將它送入口中，輕輕咬了一口。蓬鬆的口感瞬間化開，覆盆子的香氣順著鼻息散發開來。

「……幸運的是，我喜歡甜點，喜歡到根本不想分給別人。嗯，真好吃。」

我笑著，兩口就把它吃完了。

「我不是為了尋找自己的存在意義才做甜點，而是喜歡甜點而做甜點。」

佐渡谷女士嘴巴半張，明顯露出一副也很想吃的表情，但我只是指了指剩下的餐巾紙。

「一般來說，做得最好的一顆，應該是自己最想吃吧？只是因為做生意，我才不得不賣掉而已。」

像是突然意識到什麼似的，佐渡谷女士猛然點頭。

「說得對！可是結杏妹妹卻──」

「卻把它給了我，這根本不合理。」

「我完全同意！最好吃的東西，才不想讓給任何人呢！」

佐渡谷女士眼中閃爍著光芒，像個熱心的贊助人般，突然緊握住我的手。手被握緊讓我有些不知所措，但我還是繼續說：

「結杏妹妹只是想在這裡找到歸屬感而已。她還只是個國中生，總有一天會找到自己真正熱愛並擅長的東西。」

「現在的孩子，總是想馬上解決所有問題呢……」

或許是因為在這個資訊爆炸的時代成長的關係吧。但我總覺得，保護孩子不受這種風氣影響，才是父母的責任。

「真正該去諮詢的，不是結杏妹妹，而是她的父母吧？」

我刻薄地這樣說，佐渡谷女士卻不知道有沒有在聽。

「是啊……歸屬感，果然還是應該在家裡……」

喀啦喀啦地咬著玻璃杯裡剩下的冰塊。

「……馬卡龍、馬卡羅納吉、蛋白霜……」

085

她繼續嘀咕著一些不明所以的話，突然像是閃過什麼靈感似的，她抬起了頭。

「啊！那個最好！」

然後指著我說：

「我們做那個吧，白井小姐！那個！」

「那個是什麼，聽不懂。」

「就是那個……伊頓混亂！」

「伊頓混亂？」

完全聽不懂，但當那個甜點的樣子突然在我腦海中浮現時，我也忍不住笑了出來。

「那個，倒是可以試試看。」

我確認她的意思，問道。

「是要讓結杏妹妹做嗎？」

佐渡谷女士搖了搖頭，將冰塊含進嘴裡，

「不，是讓她媽媽做。」

像是代替吃不到的馬卡龍似地，她一邊咀嚼著冰塊，一邊這麼說。

車程不到一小時，我搭上平時不常搭的私鐵，來到了一個可以稱得上高級住宅區的地方。單手提著冰箱，我來到低層公寓的大門口，按照佐渡谷女士告訴我的房號按下門鈴，隨即傳來一個溫柔的女性聲音回應。

「我是白井。」

我報上姓名之後，對方的音調就變了。

「等您很久了！請搭電梯到三樓。」

大門解鎖後，我照她說的上樓。心裡不禁想，今天明明是休息日，我怎麼會帶著這麼重的東西來這裡呢……

到了她說的樓層，並沒有看到像是招牌之類的東西，看起來就是個普通公寓，其中一扇門開著。

「今天麻煩您跑這麼遠來，真是不好意思。」

佐渡谷女士的姪女，與她的叔母截然不同，擁有修長的身材，但表情帶著母性般的溫暖氣息。只有頭髮與佐渡谷女士相似，都是天然捲，看得出來必須很努力才能綁起來。鞋櫃上放著一張寫著「明日香心理診所」的傳單。只有這張紙能讓人看得出來這裡是心理諮商的診所。

「很高興見到您。我是白色甜點店的甜點鐵粉！我都請阿姨幫我買。」

「那真是……感謝您一直以來的惠顧。」

看著對方的臉，我不知該怎麼說才好，最後給她一個奇怪的回應。

「我最喜歡布列塔尼酥餅。我還會讓來這裡諮詢的患者配茶一同享用，因為有些人，吃點甜的就會覺得放鬆。」

我沉默片刻，明日香小姐自嘲地笑了笑。

「對不起，我太興奮了。其實我已經期待這一天很久了。」

原本在發愣的我回過神來說：

「不，對我來說，只是把我做的東西賣給顧客而已。從沒想過那些甜點，最後從一個人傳遞給另一個人。」

「您療癒了來這裡的人。」

明日香小姐的笑眼，看起來非常真摯，讓我再度無言以對。

「白井小姐來了嗎？謝謝妳帶鮮奶油和草莓過來！請放進冰箱吧！」

佐渡谷女士從裡頭的廚房探出頭來喊我，打破這個美好的瞬間。我一邊說「來了來了」，一邊在她的指引下朝廚房走去。

「其實，應該是我們去白井小姐的廚房才對……」

明日香小姐帶著歉意開口這樣說，而佐渡谷女士從旁插話：

「我問明日香能不能讓結杏妹妹的媽媽做伊頓混亂。結果她說自己也想參加。而且要調整所有人的時間太麻煩，還不如選在結杏妹妹來諮詢的日子一起在這裡做。伊頓混亂的話，只要先烤好蛋白霜，在任何地方都能做。」

看樣子我的努力被忽視了呢。然而，當我發現自己就像登上一艘「佐渡谷船」被牽著走時，不知道是不是已經習慣，還是同意這次的提議，結果還是提著保冷箱來到這裡。但我心裡告訴自己，這真的是最後一次了。此時⋯⋯

「聽說您直言『該做心理諮商的是父母』，我忍不住笑出來。」

明日香小姐愉快地笑了，並且點了點頭。

「真敏銳。」

「所以她做的甜點才那麼好吃呀。哦，妳又挑了些漂亮的草莓呢。」

佐渡谷女士不動聲色地稱讚我，同時迅速將保冷箱裡的鮮奶油和水果等食材移到小冰箱。

「伊頓混亂是用草莓做的甜點嗎？我沒聽過這款甜點呢。」

明日香小姐這樣問，我便解釋道：

「簡單來說，它是由水果、蛋白霜餅乾和打發的鮮奶油製作而成，有點像是聖代。這道甜點通常是在草莓季節做的，基本做法是將草莓和其他莓果混合

089

在一起。」

「哇，聽起來好好吃！」

明日香小姐合掌的動作在某種程度上很像她的阿姨，而那位阿姨則再次眼神發亮地問我：

「──那除了基本款之外呢？如果要更講究一點，妳會怎麼做？」

這個嘛……我稍微思考了一下，然後回答：

「如果要更講究的話……可以加入用平底鍋稍微煎過的無花果，再搭配胡桃或榛果來增添層次，最後淋上焦糖醬提味。當然，也可以用融化的巧克力。」

聽起來也太好吃了吧！啊啊，我好想吃！佐渡谷女士和明日香小姐分別興奮地把手搭在臉頰和嘴巴上。

「不過，如果要做到這個程度的話，還是得在我的廚房才行。」

我試圖安撫她們，佐渡谷女士則點了點頭。

「說得也是，這裡的廚房太小了。而且伊頓混亂的特色就是草莓嘛，這次還是先做基本款吧，其他的等下次再試。」

……下次？我皺起眉頭，而她則巧妙地轉移話題。

「接下來就剩蛋白霜餅乾了。這是結杏妹妹負責的部分，不知道她做得如

「她的話,應該沒問題。」

我肯定地這麼說。伊頓混亂會用到的簡易蛋白霜餅乾(烤蛋白霜)食譜,我已經事先用電子郵件傳給她,還附上參考影片。只要在蛋白中加入砂糖,打發變硬後,用湯匙舀起,隨意放在烤盤上,然後像馬卡龍一樣用低溫慢慢烘烤即可。法國或英國的版本通常會做得比較大塊,不過口感酥脆輕盈,像雲朵一樣立體的蛋白霜餅乾,製作難度遠比馬卡龍低。

「當然,也可以用市售的蛋白霜餅乾,不過……還是用女兒親手做的比較有意義。」

佐渡谷女士意有所指地微笑著這樣說的時候,門鈴響了。

「『伊頓混亂』是由草莓、蛋白霜和鮮奶油混合而成的英國傳統甜點。據說,它的名稱來自英國著名的伊頓公學[2]與哈羅公學[3]之間的板球對抗賽,因為這道

2 Eton College,全名為溫莎宮畔伊頓聖母英王書院(Kynge's College of Our Ladye of Eton besyde Windesore),是英國著名的男子公學,位於英格蘭伊頓。
3 Harrow School,位於英格蘭大倫敦哈羅,是英國歷史悠久的著名私立學校之一。

091

甜點從以前就是觀賽時的點心。』由來聽說是這樣喔。」

明日香小姐一邊查閱手機，一邊朗讀著資訊。佐渡谷女士則羨慕地說：

「邊看比賽邊吃這樣的甜點，真不愧是英國啊。相比之下，日本的早慶戰[4]就只有神宮球場的名產『香腸拼盤』。」

「聽起來也很好吃呢。」

結杏妹妹一邊笑，一邊用攪拌器攪打鮮奶油，盆底用冰水降溫。為了這次活動，原本擺放諮商用的可調式躺椅被推到一旁，大家圍坐在小小的開放式廚房和餐桌前，氣氛宛如料理教室。結杏妹妹的媽媽，和女兒一樣擁有端正的五官，從剛才開始就一直不安地注視著女兒的動作。看上去約莫是四、五十歲，整個人很有氣勢，感覺比起職場女強人，更像是管理階層的領導者。

「媽媽，請您幫忙檢查草莓吧。」

我這樣說，結杏媽媽才回過神來，轉身檢查鍋內的情況。

「糖漬草莓出水了呢。」

新鮮草莓切成不規則的小塊後，撒上細砂糖放置一會兒，果汁便會自然釋放出來。

「那就請先將草莓撈出來，然後把鍋子加熱，稍微將剩餘的糖漿煮濃稠一些，再放涼備用。」
結杏媽媽按照指示，將鍋子放在小瓦斯爐上開始煮糖漿。
「顏色真漂亮……」
她盯著那抹鮮紅色，低聲呢喃。佐渡谷女士和明日香小姐相視一笑。我開始懷疑，結杏媽媽或許不是開玩笑，而是真的來諮商。
「接下來，我該做什麼呢？」
當鮮奶油攪打至滑順後，結杏將打發的奶油放入冰箱冷藏，然後這樣問我。
「已經差不多完成了。等所有材料冷卻後，只要將鮮奶油、草莓和妳做的蛋白霜餅乾擺進冰鎮過的器皿中，最後淋上糖漿就可以了。」
「咦，就這樣？」
「不過，它的美味可不輸給馬卡龍呢。」
佐渡谷女士開口掛保證。
「蛋白霜餅乾做得怎麼樣？」
我問道，結杏從手提袋裡拿出一個保鮮盒，打開蓋子展示給我看。裡面的

4 早稻田大學對慶應義塾大學的棒球賽。

蛋白霜餅乾潔白而飽滿，看起來完全可以擺到店面販售。

「大成功呢！」

聽到我的讚賞，這位國中女孩自豪地笑了。

「這比馬卡龍簡單太多了。」

結杏媽媽也滿意地看著女兒的作品。

「糖漿冷卻後，就可以把三種材料組合起來囉！」

佐渡谷女士雙手合掌一副等不及的樣子，而結杏媽媽則問道：

「這些蛋白霜餅乾是要放在上面嗎？還是鋪在底部？」

她歪著頭，似乎還無法想像成品的樣子。我回答說都不是。

「伊頓混亂的特色，就是要把所有材料攪拌在一起。不過，當然是要拌得漂亮啦。」

混亂……結杏媽媽的表情看起來仍然充滿疑惑。

「我們會用手掰碎結杏做的蛋白霜餅乾。雖然她做得很漂亮……但還是得破壞，畢竟這道甜點叫做『混亂』嘛。」

聽到這句話，結杏媽媽睜大了眼睛看著我，然後又瞪大眼睛看著自己的女兒。結杏妹妹顯然也沒料到會這樣使用，和媽媽一樣驚訝地睜大雙眼。

「⋯⋯要弄碎嗎？」

媽媽再度確認。

「沒錯！做馬卡龍的時候需要『壓扁』蛋白霜，而這次我們要更進一步『徹底掰碎』！」

佐渡谷女士說完之後，下了最後的註解。

「這很有趣哦。」

然而，結杏妹妹和她媽媽只是靜靜地看著那些烤得很漂亮的蛋白霜，沒有說話。

草莓糖漿已經冷卻，終於到了關鍵時刻。佐渡谷女士帶來了一款像是冰淇淋碗、有點深度的透明玻璃器皿，先在裡面隨意放入一些鮮奶油，再將稍微用糖醃製過的草莓塊撒在上面。接著——

「⋯⋯我、我動手囉！」

下定決心的結杏妹妹，舉起自己親手製作的蛋白霜餅乾，在碗上方用手指

一捏——啪嚓！

「不要太碎。」

我提醒她，她便停下動作，讓手中碎裂的蛋白霜自然落在奶油與草莓上。

095

潔白的鮮奶油上點綴著鮮紅的草莓，還有與鮮奶油略有不同的奶白色蛋白霜碎片，錯落有致、形狀各異，營造出豐富的層次感。結杏妹妹盯著眼前的成品——

「……好像還不錯耶。」

說出自己的感想。

「現在，讓它變得更美麗、更混亂吧。」

我繼續指導下一個步驟，結杏妹妹又添加了一些鮮奶油，但沒有完全覆蓋，然後將媽媽煮好的草莓糖漿在表面劃出線條，最後放上一顆裝飾用的草莓，並撒上幾片特意留下的蛋白霜碎片作點綴就大功告成了。

「哇——好漂亮！像藝術品一樣！」

結杏妹妹興奮地指著剛完成的甜點。

「媽媽妳也來試試吧！」

結杏媽媽在女兒的催促下坐到桌前，拿起女兒做的蛋白霜餅乾猶豫不決。

「沒關係啦，來吧，啪嚓一聲弄碎就好！」

被女兒催促後，結杏媽媽終於下定決心，用指尖將蛋白霜餅乾壓碎。

「哇！」

她力道太大，碎片飛到地板上，大家忍不住大笑。她有些笨拙地將碎裂的蛋白霜撒進碗裡，再淋上鮮奶油與糖漿，擺上草莓，完成自己的甜點。比起女兒的作品，她的版本顯得更加豪放，但……

「啊……看起來好好吃。」

結杏媽媽坦率地說出感想。

「兩份都是很漂亮的伊頓混亂。破壞得很徹底，做得很好！」

佐渡谷女士稱讚道，一旁觀看的明日香小姐也瞇起眼睛說：

「真的耶，混亂得很美呢。」

我一邊將帶來的小薄荷葉放在頂端，一邊對大家解釋：

「這道甜點最棒的地方，就是必須趁新鮮快點吃掉。」

我們很快就用現做的甜點搭配下午茶。明日香小姐說既然是英國的甜點就要配好茶，於是拿出她珍藏的紅茶，用茶壺泡給大家喝。這款紅茶是她從客戶那裡收到的禮物，產自熊本的一座茶園，香氣清新不會過於濃烈，與草莓的風味完美搭配。她絕妙的選茶品味令我感動不已。然而，與紅茶相比，大家更沉浸在這道伊頓混亂的美味中，一邊吃一邊讚嘆。

「這些碎裂的蛋白霜餅乾，搭配不甜的鮮奶油，口感真的好棒，像是室溫

097

版的聖代。剛好我不喜歡太冰的甜點，對我來說實在太完美了。」
明日香小姐邊點頭邊細細品味。
「沒想到有這麼簡單又好吃的甜點！」
結杏一邊舔掉嘴唇上的鮮奶油，一邊輕輕搖頭。
「我可能不會再做馬卡龍了。」
馬卡龍也很好吃啊。結杏媽媽對女兒這樣說。
「如果是這道甜點的話，媽媽應該願意每週都做給我吃吧？」
她微笑看著大家。
「把蛋白霜捏碎的感覺好像會讓人上癮。」
結杏妹妹看著自己親手製作的「混亂」這麼說。佐渡谷女士滿意地回應：
「這世界上應該還有許多這樣簡單又美味的東西吧。當我第一次吃到伊頓混亂的時候，就有這種感覺。」
「妳是在哪裡第一次吃到的啊？」
聽到明日香小姐的提問，佐渡谷女士稍微沉默了一下，隨即露出一貫的笑容，開始娓娓道來：
「年輕的時候，有個人說很喜歡我做的草莓蛋糕。我在市場看到漂亮的草莓，便買回來，想在他生日那天做給他吃。」

雖然我沒有表現出來，但這個稱呼讓我很感興趣。佐渡谷女士帶著一絲靦腆的笑容，繼續說：

「結果，我在家門口狠狠摔了一跤。一半的草莓撒了滿地，袋子裡剩下的也全都被壓爛，當下我真的很沮喪，連做蛋糕的興致都沒了。於是，我賭氣去睡了一覺。沒想到，他卻用那些被壓爛的草莓，幫我做了一道伊頓混亂。他明明就是法國人！」

大家聽得目瞪口呆，驚訝於佐渡谷女士這段跨國戀的故事，就連明日香小姐也露出「這我還是第一次聽說」的表情。

「他說『我喜歡妳做的草莓蛋糕，但也很喜歡妳像伊頓混亂一樣亂七八糟的模樣』。」

佐渡谷女士回憶著當時的場景，露出幸福的微笑。

「好閃喔。」

結杏妹妹立刻機智地代表大家回應，佐渡谷女士則擺了擺手。

「哎呀，這可是很久很久以前，幾百年前的事了⋯⋯不過，當時他的這句話讓我意識到，自己並不是那種優雅裝飾漂亮草莓的奶油蛋糕，而是伊頓混亂。」

099

從那之後，我也不再勉強自己了。」

結杏媽媽露出若有所思的表情說：

「真是個美好的故事呢。」

「當人不再勉強時，美好的事物就會自然而然地降臨。」

佐渡谷女士像是在向姪女尋求意見似地問。

「我總覺得，不刻意去尋找，反而更容易遇到像伊頓混亂這樣的美好事物。為什麼會這樣呢？」

明日香小姐聽著阿姨的話，溫和地接話。

「尋找本身並不是壞事。尋找的過程，其實就是專注在一件事情上。像是在找一枝筆的時候，眼中就只會看到筆對吧？但如果退後一步，用廣角鏡頭模糊地看世界，就能看到更多東西，筆的後面可能會有意想不到的驚喜。」

結杏媽媽認真地看著這位心理諮商師，放下湯匙，像是訴說心聲般地說：

「我覺得自己這一生，好像都在尋找一枝筆。找能憑成績考上的學校，找能進得去的大學，找適合自己的工作，找一個看起來不會讓我太辛苦的結婚對象……生孩子的時候，找能讓人安心的醫院，現在則是找能讓孩子幸福成長的路。」

結杏妹妹聽到媽媽的告白，一臉驚訝。她應該從未聽媽媽這樣說過吧。

「一直這樣找下去，真的好累。是不是從一開始就什麼都不找，反而比較好呢……」

結杏媽媽喃喃自語，明日香小姐則說：

「妳只是因為一直努力作出最好的選擇，所以才會感到疲乏。」

結杏媽媽似乎沒想到會被肯定，不禁抬起頭來。

「是這樣嗎？」

「對吧？媽媽很擅長挑東西和作決定吧？」

明日香小姐問結杏妹妹，她點點頭。

「嗯，在超市的時候，媽媽總能一眼就找到最好的番茄！」

她模仿媽媽的樣子，讓大家都笑了出來。明日香輕輕取下茶壺上的保溫套，一邊為結杏媽媽倒滿紅茶一邊說：

「但如果累了，試著用廣角鏡頭看看世界也不錯吧？或許，美好的事物會自己來到妳面前呢。和結杏妹妹一起，暫時不要想太多，放鬆發呆或許也是個不錯的選擇。」

結杏媽媽望著杯中琥珀色的紅茶，神情似乎放鬆了許多。結杏妹妹則拿著湯匙晃了晃說：

「我好像有點懂了……如果只專注在做漂亮的馬卡龍，可能就很難發現『把東西捏碎』這件事這麼有趣。當然，兩個都很好玩啦……」

接著，她好奇地問我：

「還有什麼『破壞』系列的甜點嗎？」

沒想到問題會丟到自己身上……

「常見的做法是，把餅乾放進袋子裡，用擀麵棍敲碎，這算是『破壞』的一種吧。把餅乾弄成碎渣，然後把融化的奶油混進去，壓實在模型裡，最後倒入拌好奶油起司和酸奶油的麵糊——」

我愣了一下，隨即想到這個很常見的例子。

「起司蛋糕！現在眼前就出現美好的事物啦！」

佐渡谷女士又不等我說完，便雙手合掌。

「我想做起司蛋糕！」

結杏妹妹也興奮地湊過來，我便笑著說：

「這很簡單，妳不妨跟媽媽一起『砰砰砰』地敲碎餅乾做個起司蛋糕。」

於是，我現場寫了一張紐約起司蛋糕的簡易食譜，交給她們。明日香小姐從旁探頭看了一眼，一臉驚訝地問：

「這些配方和分量⋯⋯妳都記得住嗎？」

我苦笑地回答：

「嗯，大概記得。畢竟，我也是專業人士。」

聽到我這樣說，她看著我的臉，接著說：

「我聽阿姨說過您的情況⋯⋯您不打算再開店嗎？」

這次，換我露出驚訝的表情，看著對方。

「開店？」

「是啊。明日香小姐認真地點了點頭。

「您不是打算重新開一間店嗎？」

「不，我沒有這個打算。」

「帕斯卡爾」的經理把開店說得輕描淡寫，但說實話，我忙著收拾一家已經死去的店，為它掘墓就已經忙得不可開交。我當然有思考過它的死因，心中也有悔恨，但⋯⋯目前還沒餘力去想來世。或者該說，我的生死觀本來就是「死亡即終點」，根本沒有所謂的來世。就在這時──

「為什麼？為什麼不開店呢？」

103

明日香小姐用那種和佐渡谷女士一樣，帶著天真、不曾懷疑世界的表情這樣說。她彷彿在問我：為什麼不再試一次呢？

「呃，為什麼……」

我剛要回答，卻忽然打住。我看著明日香小姐的眼神。

「為什麼不呢？妳明明可以做到的。」

明白這不只是個單純的疑問，而是帶著鼓勵。不可思議地，我心情變得複雜起來。既感到開心，又有些抗拒。這種感覺，和佐渡谷女士帶進我廚房裡的感受很像。

我帶著困惑，轉頭望向佐渡谷女士，她此刻正得意地向結杏和她媽媽解釋著我剛剛寫下的起司蛋糕食譜，搞得像是她自己寫的一樣。

「只要多花點功夫，在加了起司之後，把麵糊過篩一次，口感就會變得更細緻，也會更加美味哦！對吧，白井小姐？」

妳說得沒錯。我點了點頭。拿到食譜的結杏妹妹，一邊看一邊滿意地說：

「法國的馬卡龍、英國的伊頓混亂，還有紐約起司蛋糕……感覺像是在征服世界！」

然而，佐渡谷女士卻搖搖頭。

「才沒有這麼簡單呢，這個世界很大喔。」

然後，她毫不客氣地用手指著我的頭。

「這不過是白井小姐腦中無數食譜中的冰山一角，對吧？」

我一時之間無法直接回答「是啊」，稍微思考了一下才說：

「我腦袋裡的確有很多東西……但直到今天我才發現伊頓混亂和紅茶很搭。雖然說我是專業人士，但還有很多東西是我不知道、沒見識過的。」

聽到這些話，明日香小姐露出了溫暖又包容的笑容。

「今天特地來當我們的客座講師，真的非常感謝您。」

她深深地低頭致謝。

「謝謝您。」

結杏媽媽也誠摯地道謝。

「謝謝妳，教我捏碎的做法！」

女兒則看著吃得乾乾淨淨的碗，笑著這麼說。

Recipe 4

完美的歌劇院蛋糕與出色的鬆餅

我的廚房裡，有一個金髮（長髮）男人正在哀號⋯⋯

我沒想到自己的店會這麼快就結束營業，更沒想到，竟然會看到這種場景。真是的，這到底在做什麼啊⋯⋯我用手按著眉心。話雖如此，這一切的始作俑者，依舊是那個穿著洋裝、搖動裙襬上門的大嬸。

「⋯⋯對不起。我最近剛分手，女友的前男友是個廚師。看到那邊的廚師外套⋯⋯我就想到，她是不是又回到那傢伙身邊了⋯⋯嗚嗚⋯⋯」

他一邊用衛生紙按著眼妝很銳利的眼角，一邊向我道歉。這個金髮男人名叫秋山靜。

「明日香醫師也跟我說，想了也沒用的事就別去想⋯⋯但我才剛分手沒多久嘛⋯⋯」

我刻意保持沉默，抬頭看了眼牆上的時鐘，心裡想著我到底要跟這傢伙獨處多久？佐渡谷女士說要去買忘記準備的雞蛋，結果還沒回來。這位三十出頭、從事音樂工作的男子，擤了擤鼻子，情緒似乎比較平復了。他撥開及肩的金髮望向我。

「妳是白井小姐，對吧？上次失戀是什麼時候？」

109

「……什麼？」

我直接皺起眉頭。看到我的反應，他連忙改口。

「啊，失禮了！請問您結婚了嗎？」

「沒有。」

我面無表情地回答。

「那……是單身？還是離過婚？」

「沒有離過也沒有結過，失戀這種事，大概小學的時候才有吧。我一直專注在製作甜點上，沒什麼機會談戀愛。」

我冷淡地說完，金髮男子驚訝得用衛生紙摀住嘴巴，一臉看見外星人的表情。

之前我對佐渡谷女士抱怨過，來做甜點療癒心靈是無所謂，但應該事先告訴我學生是什麼樣的人。因此，這次她倒是有先提醒我：「長得像傳統歌舞伎《連獅子》[5]的少年」、「一直在失戀」、「因為失戀，老是跑去找明日香」。雖然我很遲鈍，但從剛剛的對話就能發現，這傢伙應該是「戀愛成癮」的患者吧？

我不想再繼續聊這些奇怪的事，於是換個話題說：

「……那在雞蛋來之前，我先簡單說明一下製作步驟。」

我開始講解食譜，而他則一直盯著我看，然後用哀怨的語氣說：

「……還真是冷淡，好羨慕。」

我假裝沒聽見，繼續問他：

「聽說你喜歡吃甜食，平常有自己做點心的習慣嗎？」

他搖搖頭，表示很少自己動手做。

「因為我不能喝酒，每次失戀就會猛吃甜食。我會跑遍東京的甜點吃到飽，或者買整顆蛋糕回來，反正就是狂吃。但明日香醫師說，這樣根本解決不了問題，還會把身體搞壞。她說如果真的想吃，就自己做。花時間做出來的東西，應該就不會暴飲暴食……所以我才來這裡的。」

他一邊解釋，一邊還在擦拭快要花掉的眼妝。我心裡嘆了口氣——明日香小姐明明長得一副溫柔療癒的模樣，該不會是故意把麻煩的個案全推給我了吧？我還真是不能掉以輕心啊。總之，我想趕快結束這回合。

5 取材自能劇《石橋》，由河竹默阿彌作詞、第三代杵屋正治郎作曲，首演於一八七二年。劇中最大的看點就是獅子甩頭狂舞。

「那我明白了。布朗尼很簡單，就算是新手也不容易失敗。」

我把食譜影本遞給他，沒想到他卻一臉疑惑。

「布朗尼？不是歌劇院蛋糕嗎？」

雖然都是巧克力蛋糕，但他竟然說出「歌劇院蛋糕」這個難度高出好幾個層級的名稱，這次換我感到驚訝了。

「歌劇院蛋糕？但佐渡谷女士說，今天是做布朗尼啊？」

「她說可以做自己喜歡的甜點，我就選了最喜歡的歌劇院蛋糕……」

金髮男子一臉悲傷的樣子。他要是哭出來就糟了，我連忙安撫他，讓他先等一下，我來確認情況。就在此時，佐渡谷女士像往常一樣，匆匆忙忙地進來。

「不好意思！結杏妹妹昨天傳訊息說她也想學做布朗尼，我們約好在車站碰面，結果我自己忘了！」

跟在她身後的結杏妹妹，禮貌地打了招呼：

「突然打擾，真不好意思——」

但當她看到站在我旁邊的秋山靜時，瞪大了眼睛。

「騙人的吧！『粉紅狗』的 SHIZUKA！怎麼會在這裡？」

雙手捂住嘴巴的結杏妹妹，顯然像個看到藝人的女國中生。

「終於出現一個反應正常的人了。」

靜顯得鬆了一口氣似地這樣說。

「其實我也覺得，對於初學者來說，歌劇院蛋糕有點難。我想，布朗尼應該比較合適。」

「所以，妳就擅自決定做布朗尼了？」

嗯。佐渡谷女士點了點頭。聽結杏妹妹說，靜是視覺系樂隊的主唱，看到他的外表和纖細的身形，確實能夠理解。靜用他纖細的腰靠在工作檯上，似乎在聽我們的對話。

「同樣都是巧克力蛋糕……但這個變更也差太多了。」

我苦惱地呻吟。這兩種蛋糕，完全是兩個極端。「歌劇院蛋糕」是一種結構非常精緻的法式甜點，外型是平滑的四方形，邊緣十分平整漂亮，內層加入浸過咖啡糖漿的杏仁，由薄薄的海綿蛋糕、咖啡風味的奶油霜和巧克力甘納許層層疊加，上面覆蓋著如同「歌劇院之夜」般暗色又具有光澤的巧克力。表面用巧克力寫上「OPERA」，還會撒上一些金箔來裝飾，可以說是最具高級感的巧克力蛋糕。

相較之下，「布朗尼」是起源於美國的巧克力蛋糕，將巧克力和奶油一起融化，然後加入雞蛋、砂糖、麵粉等，攪拌均勻後倒入鋪了烘焙紙的烤盤，放上堅果等配料，就可以進烤箱烤了。做法非常簡單，是家庭中常見的經典甜點。

「只有四方形且扁平這一點相似而已。」

佐渡谷女士的發想大概也就是這樣而已。

「我不太喜歡布朗尼，感覺太美式了。」

靜也探出身子插嘴。似乎在音樂方面，他也不太喜歡美式風格。

「我喜歡那種更精緻的感覺。」

「但是，布朗尼也很美味啊……現在的男孩子都這樣嗎？」

佐渡谷女士低聲對結杏妹妹這樣說。

「很好吃沒錯，但從這次的主題來看，還是應該做一款需要花更多時間和心思的甜點。布朗尼太簡單，他會一口氣吃光的。」

我盯著工作檯上的布朗尼食材沉思。現在就算要做「歌劇院蛋糕」，食材也不夠。按照他的喜好，還有可以做的……我翻開腦中的食譜本——

「薩赫蛋糕（Sachertorte）。」

說出一款來自維也納的甜點。

「薩赫蛋糕怎麼樣？幾乎可以用這些材料來做，比歌劇院蛋糕簡單一些，但比布朗尼精緻。」

我這麼說完後，靜立刻反應過來。

「薩赫蛋糕！不錯！聽起來很棒……薩、赫、蛋、糕！」

他迅速拿起手機搜尋，畫面顯示出一款表面光滑、覆蓋著巧克力外層的圓形蛋糕圖片時⋯⋯

「就是這個！好美！這個不錯，我們來做這個！」

他興奮地這麼說。一旁的佐渡谷女士也雙手合十。

「白井小姐，太厲害了，妳真是天才！薩赫蛋糕，我最近都沒吃到耶！比起布朗尼，我更想吃這個。」

雖然大家的反應都很好，但只有衝著布朗尼來的結杏妹妹看起來有些失望。

這時我說：

「不過，中間的杏桃果醬一定得去買。」

結杏妹妹的表情立刻改變。可能是因為她名字裡有「杏」字吧，看來她特

115

別喜歡杏桃。

「我去超市買！」

她自告奮勇地去買果醬。

「抱歉，我不太懂音樂。這份工作讓我沒有太多時間聽歌。」

因為沒有認出他是名人，我對篩著低筋麵粉的靜道歉。他笑著回我：

「沒關係。我最近沒發新專輯，也沒公開露面；爆紅也是幾年前的事了。不過，我還是有參與一些活動和演唱會。」

雖然是第一次做，但他動作靈巧，跟著我教的步驟準確執行，迅速進入下一個流程，我們都感到驚訝。看著他的樣子，我突然覺得，音樂創作和烘焙是不是也有相似之處？

「以前談戀愛、寫歌、失戀、再寫歌，私生活和工作之間有著不錯的平衡……但最近寫不出好歌了。談戀愛寫不出來，失戀也寫不出來。」

他穿圍裙的時候，一副已經很習慣金髮的樣子，把長髮隨手束成馬尾。這樣的他苦笑著說：

「要說我太鑽牛角尖嗎？總覺得沒什麼熱情。」

「我懂耶,年輕時的那種熱情,好令人懷念喔。」

不知道為什麼,佐渡谷女士也表示有共鳴,畢竟是我不了解的世界,便沒有多想,專心從架子上眾多模具中,挑選出適合烤內含巧克力又有點重量的海綿蛋糕模具。

「不過,為什麼你總是這麼容易被甩呢?啊,我知道了,該不會是你劈腿吧?」

佐渡谷女士毫不客氣地質問金髮男子。他用那種符合歌手特質,低沉又帶點沙啞的嗓音回答:

「沒有沒有⋯⋯應該說⋯⋯我內心有布朗尼和歌劇院蛋糕兩種性格。可是對方有時跟不上我⋯⋯這臺機器不錯啊,或許我也該買一臺。」

他似乎是第一次看到商用的立式攪拌機,看到蛋白被打發的樣子,顯得很感動。

「我是個完美主義者,別看我這個樣子,其實我很喜歡打掃,家裡總是保持得很乾淨。保養肌膚也比大部分女生還要仔細。但是,沒有動力的時候,我能一個星期不出門,穿著同一套運動服待在家裡。交往一段時間後,女友總是會說我『躁鬱』。女友生日,我會準備完美的禮物和最棒的表演,但有時會忘記她坐在副駕駛座上，自己下車就把車門鎖上。女友說我會依賴她，但關鍵時刻又不被需要……甚至還被罵過『你是為了創作才和我交往的吧？』」

他凝視著逐漸變硬、產生波紋的蛋白霜。

「等她真的離開，我才發現自己其實非常需要她……但已經太遲了。」

佐渡谷女士此刻也用同情的眼神看著靜。雖然這依然是「我不了解的世界」，但這時候總不能潑冷水，只好默默聽著。

「我不想再重蹈覆轍，所以開始去明日香醫師那裡諮商。不過，就像醫師說的，保持平衡是最困難的對吧？白井小姐？」

靜突然看向我，讓我有點慌張，心想問題怎麼丟到我這裡來？但我大概能理解他的意思。

「是啊……像是融化巧克力時，如果溫度太高或太低，都會導致巧克力凝固，所以維持適當的溫度很困難。雖然今天是用加熱過的鮮奶油來融化，算是比較簡單的做法，但其實真正用來包覆薩赫蛋糕的巧克力，要呈現光澤，還需要進行一種特殊的溫度調控技巧——」

「嗯，我知道了。」

靜直接打斷我的話，一副「問錯人」的表情，繼續埋頭做事。看起來製作過程很順利，所以我也開始著手準備在圓形烤模上鋪烘焙紙。此時，剛剛出去買東西的結杏妹妹手裡拿著杏桃果醬氣喘吁吁地回來，但是——

「那個，門口！」

她對靜報告：

「我想是您的粉絲。外面聚集了不少人。」

靜毫不動搖，只是點了點頭說「這樣啊」。

「我騎摩托車來，想說應該不會被發現……消息還是在社群媒體上傳開了啊。算了，別管他們。」

「他們問我裡面在做什麼，我就回答『這是私人行程，無可奉告』。」

靜一臉敬佩的樣子，盯著結杏妹妹看了一會兒，

「妳很能幹耶。幾歲了？高中生？長得真可愛。」

「國中生！我先說喔，你要是敢對這孩子出手，就是犯罪！」

我立刻代為回應，語氣十分嚴厲。真的拜託，讓我好好教甜點吧……我轉頭看向佐渡谷女士，她則悠哉地打開結杏妹妹買回來的杏桃果醬。

「妳找的這款果醬很不錯耶！不愧是名字裡帶『杏』的女孩！」

她還用湯匙挖了一口嘗味道。我已經懶得生氣了，卻聽到佐渡谷女士邊舔著果醬，邊陶醉地說：

「不過啊，如果真的愛上了，不管對方是國中生還是老人，年齡根本不是問題。」

看樣子是回憶起自己的戀愛故事，顯得一臉陶醉的樣子。

「巧克力與杏桃，苦與酸，濃醇與清爽，黑夜與白晝，男人與女人……這些看似對立的事物，透過愛情這顆糖連結在一起，就不再對立。兩者融合後，會變成一個味道喔。」

靜盯著佐渡谷女士看，然後拿起手機開口問：

「這句話，我可以用嗎？」

可以、可以！佐渡谷女士開心地回答。

「巧克力和杏桃……好像有靈感了。」

他一邊說一邊把佐渡谷女士的話記錄下來。

「曲子或歌詞就是這樣突然浮現的嗎？」

結杏妹妹滿臉好奇地問他。

「這個啊，我會先記下讓自己有感覺的東西。有時候，旋律和歌詞會一起從天而降……但不是每次都這麼簡單就能寫出來。」

看著靜認真的眼神，我不禁產生共鳴。果然創作者都有共通點。在店外等待的粉絲們，大概不會知道他因為無法順利創作而去接受心理諮商，也不知道他不斷磨練自己的艱辛吧；來買蛋糕的客人們，也不會想像得到我在廚房裡經歷的種種辛勞。然而，專業人士也不想讓外人看到辛苦的一面。當佐渡谷女士問靜想做什麼甜點時，他選擇了「歌劇院蛋糕」。或許，這也是因為他的腦海裡始終離不開音樂。畢竟，他是音樂人，而且還是一名歌手。我忽然有種想要鼓勵他的衝動，於是開口說：

「歌劇院蛋糕也是，只要稍微熟練一些，應該就能做出來。雖然要做得跟外面賣的一樣，的確有點難度就是了。」

靜將手機收回口袋，盯著我看了一會兒，低聲說：

「我經常到自由之丘的『Dalloyau』買歌劇院蛋糕來吃……」

歌劇院蛋糕原本就是法國甜點店「Dalloyau」發明的，在日本的分店也相當受歡迎。不知道是不是我多心，靜的眼神似乎變得有些濕潤。

「我前女友，最喜歡那裡的歌劇院蛋糕……」

他用手按住眼頭。啊……原來是這個……我不該太認真的。佐渡谷女士看著淚眼汪汪的靜，帶著幾分同情，輕輕拍了拍他的頭說：

「外表這麼浮誇，內心卻是昭和時代的人呢。」

的確，如果他卸了妝、把頭髮染回黑色，長相確實很傳統……我一邊想像，一邊等待靜的反應。到了例行的試吃時間，佐渡谷女士一樣用加熱過的刀子，俐落地將剛做好的薩赫蛋糕切成完美的切片，先遞給他。靜優雅地用叉子切下一小塊，送入口中。

「……好好吃。」

他驚訝地瞪大眼睛，甚至像女孩子一樣用手捂住嘴巴。

「太美味了！薩赫蛋糕！雖然不像歌劇院蛋糕那麼繁複，卻有不輸給它的滿足感。」

使用大量奶油和巧克力製成的濃郁的薩赫麵糊，烤成圓形的海綿蛋糕，然後切成兩半，夾上一層杏桃果醬……再用稍微稀釋的果醬薄薄塗滿整個蛋糕，最後淋上融化的巧克力包覆外層。他很有興致地完成這些步驟，雖然沒能做到完美光滑，但以初學者來說，成品已經相當不錯了。

「自己親手做的，的確會想要慢慢品嘗耶。」

靜數度點頭，看來明日香小姐的策略奏效了。我們三人一起分食一塊蛋糕，品嘗過後，佐渡谷女士滿意地眯起眼睛。

「華麗而奢侈的歌劇院蛋糕，親民的布朗尼，而薩赫蛋糕則介於兩者之間，並非極致，卻能豐富日常生活。即使都是巧克力蛋糕，也能有這麼多不同的呈現方式啊。我都好喜歡。」

原本說好要做的布朗尼，似乎完全被拋到腦後了呢。

「說得也是。這樣的程度，或許也不錯。」

靜將蛋糕盤舉到眼前。

「以前，我總覺得寫歌一定要處於『戀愛中』或『失戀中』的極端狀態……」

他溫柔地望著自己親手做出的蛋糕。

「或許就像她們說的，我之所以不斷談戀愛，是因為認為創作需要這些情感。可是，『沒有談戀愛的我』或許一樣可以寫出動人的情歌。」

他轉頭看向我。

「畢竟，世界上也有這種人啊。」

「真是不好意思啊。」

我這樣回話之後，拿出蛋糕盒，準備幫他把蛋糕裝起來。我也習慣將業餘作品裝進專業店家盒子的舉動了。

「但是，白井小姐。」

慢條斯理地吃完蛋糕，品味著佐渡谷女士泡的咖啡，靜忽然開口對我說：

「我覺得，妳應該談戀愛。」

「……什麼？」

今天已經是第二次讓我說出這兩個字。

「為什麼？」

佐渡谷女士追問，一臉很有興趣的樣子。

「明日香醫師之前給我配茶點的糕點，像是布列塔尼酥餅或巧克力點心，都是這間店的商品吧？」

沒錯。佐渡谷女士點頭。

「漂亮精緻的甜點出自白井小姐，豪放大膽的則是我的作品。」

這點我知道。靜這樣說。

「那些甜點都很好吃。但醫師告訴我，妳的店還是倒閉了。我一直覺得很不可思議，為什麼會這樣？」

倒閉這個詞讓我感到動搖。然而，靜繼續說下去：

「不過，今天來到這裡後，我就明白原因了。」

我知道自己臉上沒有任何表情。

「首先，地點不好。如果是在市中心的話，這間店絕對會受歡迎，不至於倒閉。」

他的觀察意外地相當到位，這讓我表情稍微放鬆了一點。然而……

「話雖如此，我覺得問題不只有地點。」

他一副吊人胃口的樣子，多加了這一句。

「怎麼說？」

開口追問的又是雞婆的佐渡谷女士。我怕失敗所以多烤了一顆海綿蛋糕，她原本正要切來吃，聽到這句話之後停下動作，拿著刀問：

「除了地點，還有其他問題嗎？」

靜一臉有所顧慮的樣子，但仍看著我說：

「白井小姐……怎麼說呢。妳的甜點裡沒有愛。對於甜點本身，的確充滿熱情，但對人卻缺乏愛。做生意就需要這份愛。」

我也盯著他看，但我真的不知道自己到底是什麼表情。

「請不要生氣，我也是同類。自從和明日香醫師聊過之後，我才發現自己從未察覺的一面。我想妳並不是沒有談戀愛的機會，而是下意識地在迴避它。這其中一定有什麼原因，或許是小時候發生過什麼事。」

「……」

我沉默地與他對視。

「所以，我覺得妳應該試著去談戀愛。」

他像是要給我最後一擊般地再度強調。而我終於開口，回應了他的話。

「薩赫蛋糕的保存期限是兩天。回去後請放入冰箱，盡早享用。以上。」

我把他親手製作的蛋糕包裝好遞給他，沒有再多說一句話。他是不是以為我會敞開心扉，說出「其實……」然後訴說童年的創傷呢？

靜眼睛眨都不眨地望著我，

「……我知道了。」

他接過蛋糕盒。此時，一直在旁邊聆聽我們對話的佐渡谷女士突然說：

「我明白了！」

她冷不防地用刀尖指向靜，他嚇得目瞪口呆。

「我知道你被甩的原因了！」

什麼？這次換他像我剛才一樣愣住了。

「你就是這一點不對啊。」

佐渡谷女士看向我。

「這間店倒閉，並不是白井小姐的錯。你該試著站在對方的立場思考。」

她雖然輕描淡寫，但神情格外嚴肅。陷入了短暫的沉默。直到靜的手機響起，才打破沉默。他有氣無力地接起電話，「嗯、嗯」回應之後掛斷。

「店門口似乎聚集了不少人。經紀人擔心，已經開車來接我了。不好意思，我得先走了。」

他深深一鞠躬。

「今天⋯⋯能做出這麼好吃的薩赫蛋糕，學到很多。」

他解開了原本紮起的馬尾，微笑著對結杏妹妹說再見。然後拿著蛋糕盒，從後門離開了。下一秒，外頭傳來粉絲們興奮的尖叫聲。雖然說是工作，但他還真是不容易啊。我感到同情，甚至忘記自己剛才被欺負，接著轉向佐渡谷女士，開口說：

「妳剛才真是一擊斃命呢。明日香小姐肯定會罵妳的。」

127

「明日香也會說一樣的話啦。」

佐渡谷女士難得露出不悅的表情。此時，連結杏妹妹也用擔憂的眼神望向我。

「妳……還好嗎？」

我笑了笑，問結杏妹妹：「這顆沒淋巧克力，要吃嗎？」她點頭說要嘗一點，我便一邊切蛋糕，一邊說：

「我自己出來開店前，在曾經工作過的店也經常有人說類似的話，畢竟我這個人很冷漠。不過，沒想到會在倒閉的廚房裡，被一個金髮男說這種話，有點驚訝呢。」

然而，佐渡谷女士的臉上還是沒有笑容。

「他會這麼說，或許是因為他自己也有煩惱吧。」

聽我這麼說，佐渡谷女士卻搖了搖頭。

「這不是妳的問題，而是我的問題。」

她深深嘆了口氣。

「過去，我曾經因為那種類型的男人吃過苦頭，讓我失去了很重要的東西。」

是喔——我和結杏妹妹對視一眼。

「結杏妹妹，妳也要小心這種男人。」

「他不是我的菜，所以沒問題。」

結杏妹妹笑著回應，但佐渡谷女士卻皺起了眉頭。

「不僅限於戀愛對象。」

「但是⋯⋯吃過苦頭是指⋯⋯？」

「如果是戀人也就罷了。這世上有很多人，明明跟你毫無關係，卻總是說得一副自己很懂的樣子，對別人的人生指指點點。當時我還年輕，因為聽了那些話而動搖。我呢⋯⋯最後放棄愛情，選擇了事業。」

結杏妹妹顯然不知道該怎麼接話。

「如果當時沒有聽信那傢伙的話，也許現在我已經在法國擁有自己的家庭⋯⋯和我心愛的戀人 Mon amour。」

佐渡谷女士的目光望向遠方。我忍住笑意，但也發現自己開始對她逐漸清晰的過去產生興趣。我呢。她舉起三根手指。

「那個多管閒事的男人問我⋯⋯『一，放棄戀人，全心全意在法國學藝，成為真正的料理人；二，回到有許多人等著自己的日本，繼續做料理研究家；三，

129

成為一個笨女人。』我當時選擇二，所以就回到日本。」

這個決定真的比笨女人還蠢。佐渡谷女士搖了搖頭。

「那個說這些話的人，應該——」

結杏妹妹開口說：

「那個人，應該很喜歡佐渡谷女士吧？」

這句話切中要害，讓佐渡谷女士哼了一聲。

「天知道。不過……那個人是我爸啦。」

「啊——」

「原來是這樣啊。」

結杏妹妹和我異口同聲地點了點頭，似乎莫名地能夠理解了。如果是爸爸的話，愛管閒事也算是情有可原吧。佐渡谷女士終於露出笑容說：「好了，不提舊事了！」

「今天多虧白井小姐的機靈，才能吃到意外的薩赫蛋糕。結杏妹妹也幫忙找到最合適的果醬，謝謝妳。至於布朗尼，我們另外找個時間再做吧！」

她擅自作了決定，不過我也順勢問結杏妹妹：

「妳很喜歡布朗尼嗎？」

CROWN 皇冠
857期
2025/7
萬華老街・城中服務・赤峰時光・迪化建築
鉛字刻印・西服工坊・老爺鐘聲
老台北×匠人魂
巷弄街衢・傳統技藝・世代傳承
不只是街屋之美與匠人之心，
更是那份藏在日常細節裡、
始終未被時代抹去的真誠與執著——
在路上 光風 開車，可以前往的地方
我曾經擁有過那樣的時光，
也慶幸當時的自己，有知足地珍惜過……
城市幻愛 Freedom 下樓以前
往上的指示燈一層層往上跳，
她知道把自己推向了某個無法終止的選項……

「因為名字很可愛啊，布朗尼這個詞，感覺就像某種小熊角色。」

「那就來做吧，布朗尼。」

我爽快地答應，並且感受到內心深處某種沉寂許久的熱情重新燃燒起來。為什麼會這樣呢？或許，是被那個金髮男戳到痛處，受到刺激了吧。我將剩下的海綿蛋糕分裝好，遞給佐渡谷女士和結杏妹妹。此時，我的腦海裡，不自覺地開始浮現另一道甜點的食譜。

隔天，下班後，我特地繞路採購材料，一到廚房，便立刻預熱烤箱，開始獨自作業。

據說，歌劇院蛋糕的外型是為了模仿巴黎歌劇院的舞臺。也有人說是獻給在巴黎歌劇院跳舞的首席芭蕾舞者。關於這款蛋糕的名稱由來眾說紛紜，但總店「Dalloyau」製作的歌劇院蛋糕，最大的特色就是連同最上層的巧克力塗層在內，海綿蛋糕、甘納許、咖啡風味的奶油「總共七層，並且控制在兩公分的薄度」。因為需要極為精準的技術，也算是一款能充分展現甜點師實力的蛋糕。

加入等比例杏仁粉和糖粉的「Tant pour tant」混合粉，用分蛋法製作海綿蛋糕麵糊，薄薄地攤在鋪了烘焙紙的烤盤上再送入烤箱。如果不夠薄，就無法將七層壓縮在兩公分之內。蛋糕之所以設計成兩公分厚度，是因為這樣的尺寸，能讓一位端莊的女士優雅地一口吃下。四種不同的風味在口中交織融合，帶來美妙的味覺享受，而且蛋糕是分層結構，所以每一層的風味會依序融化、分明地呈現在舌尖。構思出這種絕妙搭配與結構設計的人，實在令人敬佩。甜點師們不斷精進技藝，可以說就是為了讓品嘗這道甜點的人，能確切感受到偉大的發明與感動。

結束營業之後，我久違地專注於這樣精細的工作，我一邊感受這種充實，一邊製作歌劇院蛋糕。我回想起自己第一次體會到這種充實感，是在小學四年級的時候。

那一天，我獨自待在家裡，媽媽一大早就「離家出走」了。這種事並不稀奇，當時的媽媽經常和爸爸或大我四歲的姊姊吵架，每次吵完，就會歇斯底里地喊著「這個家我待不下去了！我要離開！」然後離家出走。不過，她就算早上離家，到了傍晚也會提著百貨公司的購物袋回來；即使晚上氣憤地衝出去，三十分鐘後也會拎著在便利商店買的冰淇淋回家。因此，家裡的人早已習以為常，根本不覺得這有什麼好驚訝的。那天，連姊姊也生氣地出門了，家裡只剩下我一個人。老實說，我很開心，想著要做什麼好呢？於是，我決定挑戰自己早已盤算許久的事情——

烤一塊又厚又蓬鬆的鬆餅。

這是我當時的夢想，我一直想要做出像鬆餅粉包裝上那樣蓬鬆的完美鬆餅。雖然以前也和媽媽、姊姊一起做過鬆餅，但每次烤出來都又扁又薄，完全不是我理想中的形狀。曾經在美國留學的媽媽總是說：

「真正的鬆餅就應該這麼薄的啦！然後要淋上一大堆楓糖漿才好吃！」

她總會故意多加一些牛奶，把麵糊調得很稀，完全不按照包裝上的說明來做。我根本不在乎什麼美式鬆餅，我想吃的是標準的「鬆餅」！既然這是「鬆餅粉」，那就應該用來做鬆餅才對！於是，我特意選在家裡沒有人會來打擾的這一天，決定自己來試試看。我完全遵照包裝上的比例，將牛奶與雞蛋拌入鬆餅粉中，調製出理想稠度的麵糊，也按照指示預熱了平底鍋。當時我還小，所以無法用語言清楚地表達內心的感受，但我記得當下的感想就是：

「天啊，好舒壓喔！」

如果媽媽在旁邊，一定會一直插手要我「這樣做、那樣做！那樣『不行！』」、「來，我示範給妳看！」總之她會一直囉嗦，不讓我按照自己的想法去做。

133

她有自己的規則，從來不喜歡按照說明書來，個性又急又粗魯。我的個性比較像爸爸，和媽媽一起做事時，總是覺得格外痛苦。慢慢來，冷靜又仔細地，完全按照說明書操作，追求理想中的成果。在家裡安靜的廚房中，我第一次體會到「充實」。不僅如此，我還自作主張，在過程中加了一點小巧思。為了讓鬆餅糊不會流得四處都是，能夠擁有漂亮的側邊，我事先用鋁箔紙摺成一個圓圈，放在平底鍋裡，然後再把麵糊倒進去。現在回頭想想，覺得當時的自己明明年紀小，卻很聰明。但這大概是因為一直被媽媽過稀的麵糊困擾，才會想要找方法來解決這個問題吧。結果，我成功地烤出了一塊足足有一點五公分厚的完美鬆餅！只要擺在盤子上，就會像畫中的鬆餅。我切了一小塊正方形的奶油放在上面，淋上附贈的楓糖漿。然後心想：「我真是個天才！」這種幸福感難以言喻。我甚至覺得這塊鬆餅漂亮到捨不得吃掉，但我又想著鬆餅要趁熱吃，所以拿起叉子時，後門傳來開門的聲音。偏偏這種時候，媽媽比平時還要早回來。

「我回來了。」

媽媽若無其事地走進餐廳，看到我正準備品嘗這道最棒的傑作。

「妳在吃什麼？」

媽媽問手裡拿著叉子，愣住不動的我。

「……鬆餅。」

我這樣回答。媽媽靜靜地盯著那份厚實的鬆餅看。

「妳做的？」

我點了點頭。

「……做得很好耶。」

媽媽用低沉的聲音這樣評價。我感到不安，於是連忙解釋：

「這是鬆餅，不是美式煎餅。」

雖然我沒那個意思，這句話對媽媽來說，聽起來更像是一種嘲諷。媽媽沒有再說話，只是默默地把手上提著的東西塞進冰箱，然後轉身走上二樓。即便在意媽媽，但我沒辦法看著完美的鬆餅冷掉，用刀沿著放射線切開，嘗試吃了一口。那真的好美味，是截然不同的東西。這是我心中第一次產生自信的一刻，但是又莫名充滿罪惡感。

後來，我才發現媽媽當時買回來的是一盒蛋糕，裡面放著我最喜歡的草莓蛋糕，還有姊姊愛吃的起司蛋糕，剛好是全家人的分量。但最後，我和媽媽都沒有吃，姊姊和爸爸毫不客氣地吃光了。

135

從那天起，媽媽開始對我說：「妳的手比我還巧。」等我長大後，她則說：「妳適合當專業人士。」「這孩子就算一個人，也能靠自己的手藝過活。」

等到我從烘焙專門學校畢業之後，媽媽終於正式與爸爸離婚，離開這個家。

長大成人之後，我去媽媽的住處，親手為她烤了一份真正的美式煎餅，而且用的是麵粉而不是鬆餅粉。

「這是美式煎餅？不是鬆餅嗎？」

媽媽笑著調侃我。看來，那件事在她心中也留下了深刻的印象。她吃了我做的煎餅說：「這才是我在美國吃過的真正的美式煎餅！」她將整份煎餅吃得一乾二淨，露出微笑。

「當年，看著妳一個人那麼開心地做出完美的鬆餅……我突然覺得，妳已經不需要我了。」

我無法否認。我不知道當時的我，是否真的不需要她；但可以肯定的是，那一刻我獨自一人也沒問題，並且感到無比幸福。

金髮的靜說得沒錯。我對甜點有愛，但是對人沒有。如果那個時候，當媽媽因為寂寞而買了蛋糕回家，我高興地撲過去抱住她，然後一起分享草莓蛋糕，或許就會產生愛這種情感。至少之後對媽媽說句：「我想吃妳買的蛋糕。」她或許就能夠感受到自己存在的意義。也許，她就不會選擇離婚，而是留在這個家裡。不過，我壓根就沒想過要吃媽媽買回來的連鎖店蛋糕。比起那個蛋糕，我更想在隔天再度烤出理想中的厚鬆餅。

也就是說，靜認為我是因為童年的創傷才無法去愛人的推測並不正確。媽媽的確是個難以相處的人，這或多或少影響了我，但自我有記憶以來，我就是這樣的人。天生就沒有愛的人。

如今，我投入和小學四年級時一樣的專注力，就像當年一心一意想要做出厚鬆餅，把麵糊倒進平底鍋那樣。這次全神貫注在完全相反的工序，讓海綿蛋糕、奶油、甘納許等七層結構完美收在兩公分以內。我把烤好的薄海綿蛋糕分成四等分，吸飽濃縮咖啡，然後用調理刀將甘納許像上漆一樣薄薄地塗滿，再疊上另一層海綿蛋糕，接著以同樣的方式抹上咖啡鮮奶油……如此一層層地堆疊，每一層都不超過三公厘。只要沉浸在這些工序中，我就能忘記店鋪倒閉的事，也能暫時不去擔心未來該怎麼辦。最後，我在頂層淋上經過調溫處理的巧克力醬，放入冰箱充分冷卻凝固。蛋糕的高度剛好收在兩公分，我俐落地切下四個邊。

「……完成了。」

雖然正式的做法是要在上面寫上「OPERA」，但我只是將廚房裡剩下的金箔隨意點綴上去。

「要回去當受雇的甜點師嗎……」

望著做好的蛋糕，我自言自語。只要能做甜點，我就覺得很幸福，那做甜點就好了。或許，當初選擇獨立開店才是個錯誤。不過，一想到以前職場上那些雜亂的人際關係、根本無法專心工作的環境，便又立刻想起當初自己為何決定離開——

「我想獨自一人，全心投入甜點製作，才選擇開店的啊。」

我吐槽自己。現實就是無法如你所願。

「話說回來，這顆歌劇院蛋糕該怎麼辦？」

看著眼前完美的歌劇院蛋糕，我又再度喃喃自語。

「謝謝妳選我！」

在電話裡我只提到「突然想做歌劇院蛋糕……」佐渡谷女士沒有聽我說完，就直接飛奔到廚房來。她用像是在欣賞藝術作品那樣的眼神盯著我做的歌劇院蛋糕，而我在想，誰能好好品嘗這款好久沒做的蛋糕，理解這兩公分的堅持……

這個時候我只想到她。

「雖然也可以賣給那個金髮男子，但他如果又哭，我會很困擾。」

「那種沒禮貌的傢伙，別管他！」

佐渡谷女士語氣嚴厲地這樣說，隨後又加了一句：

「不過，既然他已經發現介於中間的薩赫蛋糕，還是不要把他拉回歌劇院比較好喔。」

我總覺得她話中有愛……沒錯，這就是她擁有，而我缺少的東西。

「明日香告訴我，金髮男的父親是畢業於藝術大學的聲樂家，母親也在古典音樂圈裡耕耘。」

「他說這是前女友喜歡的蛋糕，但其實是家學淵源吧。」

我盯著蛋糕表面，像是在看尚未寫上的文字。

「不過，這個做得比 Dalloyau 還好。」

佐渡谷女士握著刀子，似乎不捨得切開蛋糕。她把刀子拿在手上一段時間了，卻遲遲沒有切下去。

「妳曾經在巴黎總店吃過嗎？」

「以前吃過……」

她的語氣聽起來有些寂寥。越了解她，就越讓我感覺到這位料理研究家身上也有不少故事。佐渡谷女士終於下定決心，先把刀子放入熱水中調整至適當的溫度，然後切出能看到完整七層的切片。

「哇啊——」

她嘗了一口切片的蛋糕，發出充滿幸福感的驚嘆。

「海綿蛋糕、咖啡奶油、甘納許，每一層都在和舌尖打招呼，然後完美地融合成一個味道。」

太完美了。她閉上眼睛，彷彿進入歌劇的世界，而不是在這裡。

「請佐渡谷女士來一趟，果然是對的。」

我看著靈魂已經去向遠方的她……如果佐渡谷女士是我的母親——她一看到四年級的我做的鬆餅一定會說：

「我想吃！」

然後吃了一口，就會誇我說：「好好吃！」——我在心裡胡思亂想。

「白井小姐？」

聽到佐渡谷女士的聲音，我才回過神來。

「我可以把這個分給明日香嗎？她明天要來玩。」

我心中了無遺憾，把剩下的歌劇院蛋糕全都交給佐渡谷女士。好久沒有這樣全力以赴，精心製作的蛋糕裝進已經結束營業的甜點店盒子裡，心中確實湧上一點情緒。然而，想到佐渡谷女士和明日香小姐會開心地吃掉它，我就感到安慰。

然而，後來我才知道，那塊歌劇院蛋糕不只佐渡谷女士和明日香小姐吃過。

我的手機收到來自快遞公司的通知，說是包裹送到已經結束營業的甜點店，雖然不知道是什麼，我還是去領了。是靜送來的包裹。打開外包裝，裡面是一個繫著緞帶的精美盒子，很有禮物的感覺。我打開盒子，發現裡面是一束真正的香草豆，還附有商品說明書，眼睛頓時瞪大。

「不是吧！馬達加斯加產！而且還是有機的！」

那一束黑如樹枝的香草豆。有別於香精或香料，真正的香草豆散發著一種類似香料袋或薰香般的甜美氣味。即使都是馬達加斯加產，和我使用的那些香草豆比起來，這些香草豆的品質明顯更高，從豆莢的粗細和強烈的香氣，我就知道這是頂級的好貨。每個甜點師都想擁有這樣的香草豆，我像是在看金塊一樣凝視它。沉浸在香氣中一陣子，才注意到盒子裡還有一張卡片，打開一看，是靜寫的信。

白井小姐

謝謝您前幾天教我製作薩赫蛋糕，我有很多新發現，收穫良多。

而我居然對您說了非常失禮的話，我感到非常抱歉。從那以後，我一直很後悔，想著該怎麼向您表達我的歉意。每次送禮物給女生的時候，我都會送一些高價的東西。我一直在思考，白井小姐會想要什麼值得這個價位的禮物？偶然在網路上看到有關香草豆最近價格飆升的新聞，我就覺得：「這正是我該送的禮物！」因此，透過朋友獲得最頂級的香草豆，拿來送給您。

不過，根據這篇新聞敘述，香草價格的飆升是因為像咖啡一樣，全球需求量大增，導致香草成為投資標的。馬達加斯加當地，香草農場遭到襲擊，演變成像內戰一樣，香草的香甜味道，無法讓人聯想到背後的殘酷現實。現實很嚴峻，並不甜美，然而，無論是身為音樂人的我，還是身為甜點師的白井小姐，都必須將這些殘酷的現實隱藏起來，傳遞甜美的香氣與夢想……

白井小姐，我想您應該不知道，所以要先說清楚，這封信是情書。我在明日香小姐那裡品嘗到您做的歌劇院蛋糕，突然意識到，自己已經再度墜入愛河。

希望有機會和您單獨吃頓飯。當然，如果您願意的話，也可以再次教我製作甜點，但希望沒有那位吵鬧的老婦人跟在旁邊。期待您的聯絡。

秋山靜

我讀完信，右手握著那束香草，左手拿著感覺是女生喜歡的甜品圖案卡片，整個人僵住了。

「……情、情書？」

此刻，我能理解的，只有香草的甜香。

Recipe 5

謙虛又自由的蒙布朗

當意想不到的事情一再發生，人就會變得不那麼容易驚訝了。今天，張開腿坐在廚房圓凳上的，是一位身穿卡其色全套工作服、腳踩厚底靴的四十多歲女性，她看起來像剛從某個戰場回來。

「『什麼都可以』最難做了。」

佐渡谷女士無論對方是金髮，還是渾身是血，都能保持自己的步調，所以她像往常一樣悠哉地托著下巴，慢吞吞地說。

「不過，妳說過特別喜歡堅果類，尤其是核桃。那今天我們就來做兩種簡單的核桃點心吧。」

好……她的聲音意外地小，和她的外貌不太相符。佐渡谷女士久違地從拼布包裡拿出寫著食譜的筆記本，開始親自講解。這次她總算想起來，自己才是該教學的人，而不是我。看著擺在工作檯上的材料，應該只是要做簡單的餅乾類點心，所以我大概只需要負責預熱烤箱吧。話雖如此，戰鬥服，配上核桃……總覺得有種不能掉以輕心的感覺。

「嗯……優美小姐，妳好像沒有做過甜點對吧？而且也不是特別喜歡甜食？」

優美小姐的頭髮在腦後綁成一束，沒有化妝，踏進廚房之後就沒露出一點笑意。面對這樣的她，佐渡谷女士仍然用著愉快的語氣說：

「所以其中一款不是甜的，很適合配紅酒喔。」

聽著聽著，我開始懷疑——今天的復健課程真的非得在我的廚房進行不可嗎？

這次依舊沒收到什麼像樣的事前資訊，但既然優美小姐也是明日香的個案，那應該是有什麼比武器更重的精神創傷吧。（在戰地殺人無數之類的？）每次遇到這類「個人問題」，最終被捲進去的總是我。不是被拉去某個地方，就是收到奇怪的情書，真的頭好痛。

所以今天，我發誓絕對不被捲入！無論聽到什麼，我都假裝沒聽見！於是，我默不作聲地設定好絞碎核桃用的攪拌機，然後迅速撤離工作檯。

「白井小姐，可以請妳幫忙嗎？這是生核桃，可能會打得太細喔。」

佐渡谷女士抓住我廚師袍的下襬，把我拉了回來。翻開食譜，只見這道點心的做法非常簡單，將切碎的核桃與砂糖、雞蛋、低筋麵粉混合後，用湯匙挖出小球，低溫烘烤即可。正因為做法簡單，核桃的切碎細緻度就成了關鍵，這個細節會直接影響到口感與味道，是成敗的關鍵。雖然簡單，但不可輕忽，可以說是一款很危險的點心。因此，佐渡谷女士才特地把這道工序交給已經熟悉的我負責。

「又來了，為什麼每次都挑這種奇怪的點心啊……」

我小聲地抱怨，但還是勉強接下這項工作。佐渡谷女士假裝沒聽見，開始讓優美小姐準備另一道食譜。

「妳喜歡黑橄欖嗎？也可以用綠橄欖來做哦。」

另外一道點心只要將軟化的奶油與雞蛋攪拌均勻，加入低筋麵粉、帕瑪森起司等材料，最後拌入切碎的核桃與黑橄欖，做成類似鹹餅乾的麵團。麵團擀厚一點，用圓形模具壓出形狀，再送進烤箱烘烤。做法也很簡單。

「如果沒有餅乾模具，也可以直接用手捏成球狀哦。」

佐渡谷女士一邊說，一邊把壓模剩下的麵團揉成圓球給優美小姐看。她雖然很認真地模仿佐渡谷女士的動作，但似乎不太擅長這類精細的工作，看上去也有點心不在焉，感覺並不是特別投入。

直到烤好的點心開始上色，陣陣香氣在廚房裡瀰漫開來時，她的表情才有了變化。

「我媽媽以前很常做烤箱料理呢……」

她彷彿從沉睡中醒來一般，抬起視線這樣說。聽到這句話，我隱約察覺到，她媽媽恐怕已經不在人世。當然，我並不想被捲入其中，所以沒有開口確認。一向愛多嘴的佐渡谷女士，這次卻只是微笑，並沒有接話。

兩種小點心都烤好了，圓滾滾的外觀可愛極了。稍微放涼之後，佐渡谷女士說「這是橄欖核桃鹹餅乾」，優美小姐試吃了一塊。當餅乾在口中輕輕崩解——

「好吃！真的很適合搭配紅酒！」

看著她的表情變得明亮，我開始覺得，她其實是一個很感性的人。

接著，優美小姐又試吃了「純核桃餅乾」。她邊吃邊輕輕點頭，似乎也很喜歡。

「因為很簡單，才能吃出食材本身的味道，我媽媽應該會很喜歡。她是長野出生的，每到產季，親戚就會寄來一大堆帶殼的核桃和栗子呢。」

「長野的核桃和栗子品質很好，又香又好吃，真讓人羨慕啊。直接吃就能配酒喝了。」

佐渡谷女士這樣說，而優美小姐則靜靜地看著她。

「我和媽媽經常一起小酌，最後一晚也是跟她喝酒度過的。因為我即將前往戰亂地區，前一天晚上……」

這些話沉重得讓我不由得停下手上泡紅茶的動作。優美小姐毫不在意，表情放鬆下來，開始一字一句地娓娓道來。

「我們一起開了一瓶紅酒……『加油，去幫助那些需要幫助的人吧。』媽媽就這樣送我離開。」

她凝視著某個點，沉默了一會兒，然後說：

「沒想到，那竟然是最後一次見面……我沒想到媽媽會……去世。我一直以為，死的會是我。」

她突然向我們坦白這件事，我仍舉著茶壺，愣在原地動彈不得。佐渡谷女士則露出一抹同情，深深點了點頭。

「就在我到遠方幫助別人的時候——」

優美小姐毫不在意地繼續說下去，目光始終停留在她面前那個空著的茶杯，像是在等人替她倒茶。

「——媽媽竟然去世了。我連最親近的家人都沒救到。她向我求助，我卻沒能回去陪在她身邊。」

佐渡谷女士把椅子往她的方向拉近，微微俯身凝視著她說：

「妳媽媽，一定能夠理解妳的……」

優美小姐搖了搖頭。

「不……她曾傳訊息給我說『身體不太舒服，妳能不能回家』。可是，我沒有回去。」

她垂下了頭。

「當時我所派駐的地區，戰況極其惡劣，我無法輕易離開……可是，我還是很後悔。我應該不顧一切地回家才對。」

即使是向來健談的佐渡谷女士，也一時語塞。她會對我們這些初次見面的人，毫無防備地傾訴這樣沉重的過往，就表示這件事至今仍讓她耿耿於懷。

明日香小姐，到底為什麼要把懷抱沉重問題的個案送到廚房來呢？我雖然沒有把這句話說出口，但還是用眼神向佐渡谷女士表達了疑問。她也露出一絲為難的神情，與我對視後，無奈地嘆了口氣。這次她是不是和我有著同樣的想法呢？

然而，當我終於回過神來，將熱茶倒入杯中，放到優美小姐面前時，佐渡谷女士已經調整好了表情，笑著對伸手端起茶杯的優美小姐說：

「就算再怎麼後悔，都於事無補。我雖然沒有像妳這麼深刻的經歷，但我也曾有過類似的遺憾。就算別人叫我們不要想，我們還是會忍不住去想對吧？

既然如此——」

佐渡谷女士直視著她。

「那就乾脆好好地去想！盡情回憶吧！」

優美小姐聽到這個提議，表情顯得驚訝。

「那就從現在開始——」

佐渡谷女士完全不在乎她的反應，依舊保持她特有的風格，帶著一絲興奮，準備開始行動。

「妳媽媽喜歡什麼點心？如果她愛喝酒的話，是不是比較喜歡鹹食？」

優美小姐看起來有點跟不上直直往前衝的佐渡谷女士，但禁不住雙眼閃閃發亮不停問：「怎麼樣，喜歡什麼？」優美小姐抬手按住額頭，開始思索。

「這個嘛……她喜歡喝酒，也喜歡甜點……」

「那種讓她愛不釋手的東西呢？水果也可以哦！」

我看著佐渡谷女士，發現她早已完全掌握了對話的主導權。我不再驚訝，而是感到敬佩。才剛結束這麼沉重的話題耶，這個人到底是什麼來頭？

「妳媽媽也喜歡堅果類的點心嗎？」

佐渡谷女士這麼問，還在思考的優美小姐忽然用穿著靴子的腳尖敲了一下地板。

「有了！有一種點心！」

什麼什麼？佐渡谷女士立刻興奮地往前傾，我也忍不住在她身後微微探出身體。

「蒙布朗！雖然最近她因為血糖問題比較少吃蛋糕，但她很喜歡蒙布朗，所以還是會吃。從我還小的時候就這樣，每次去蛋糕店，我一定選起司蛋糕，媽媽一定選蒙布朗。這是我們的習慣。」

佐渡谷女士像是捕捉到獵物般，握緊了拳頭。

「很棒啊！蒙布朗！濃郁醇厚的栗子奶油，一定很有滿足感！這可以說是人類發明的甜點中最偉大的傑作之一！」

雖然這種讚美方式有點奇怪，但她心中應該還有一長串最偉大的甜點名單吧。現在，誰都阻止不了她了。接下來她一定會說——

「我們來做吧，蒙布朗！」

果然，該來的還是來了。

「一邊想著妳的媽媽，一邊親手製作。順帶一提，她喜歡哪種蒙布朗？傳統的黃色蒙布朗？還是現在流行的咖啡色蒙布朗？」

面對一連串的提問，優美小姐有些招架不住，但還是回答：

「最近……她喜歡的是咖啡色的那種。哪家店來著……她有特別喜歡的店。」

接著，她反問：

「不過，蒙布朗……真的能自己做嗎？」

沒問題！佐渡谷女士自信滿滿地點頭。

「這裡可是專業甜點師用過的廚房，而且，那位專業人士現在就站在這裡，可以幫妳哦。」

她指向我……所以我只是個「附加條件」嗎。雖然我早就猜到會被捲進麻煩，但還是忍不住苦笑了一下。我拿起手機自己開口問：

「那要什麼時候做？」

呼嚕嚕，佐渡谷女士心滿意足地吸著蕎麥麵。

「畢竟一個人住，平常也不會特地去買生山葵吧？」

我正把蕎麥麵送入口中，因此只能默默地點頭回應。在優美小姐離開後，我們兩個人一起收拾殘局時——

「今晚就是想吃蕎麥麵，但是一個人去的話，好像很寂寞，妳陪我一起好不好？」

佐渡谷女士突然邀請我，而我已經沒有任何反抗的力氣。於是，現在我們就這樣坐在蕎麥麵店裡，面對面吃著大份的蕎麥麵。

「沒想到妳也是這家店的常客，真是意外呢。為什麼之前沒遇過？」

「我更意外的是，原來妳也會點大份。」

「這家店的蕎麥麵雖然很好吃，但分量太少了啊。」

佐渡谷女士不滿地瞥了一眼廚房，我也再次點頭表示同意。她一邊興致勃勃地將新鮮山葵沾在蕎麥麵上，一邊問我：

「真正的山葵果然不一樣。金髮男送妳的香草豆，味道也特別棒吧？」

我驚訝地看向佐渡谷女士。

「妳怎麼知道？」

「結杏妹妹告訴我的啊。金髮男好像在煩惱要送什麼禮物才能讓妳開心，所以去問結杏妹妹的意見。她說，她覺得妳這個人除了工作，對其他事都沒興趣。」

佐渡谷女士笑得愉快，簡直像是看戲看到最精采的部分一樣。

「看來他是愛上妳了呢。」

我嘆了口氣回應：

「他還說，想找個沒有吵鬧大嬸在場的地方，單獨見面。當然，我已經拒絕了。香草豆我也含著眼淚還給他了。」

被說成「吵鬧大嬸」的佐渡谷女士瞬間臭臉，不滿地停下了筷子。

「根本沒必要退回去啊。無論如何，他要向妳告白還早得很呢，至少還得再過一百年。」

我忍不住笑了出來。

「從來沒想過自己會被當成談戀愛的對象，嚇我一跳。」

佐渡谷女士用一種像是在同情，又像是無奈的表情，盯著我看了一會兒。

「白井小姐，我有很多話想對妳說，但我選擇不說。因為說了也沒用。這種事，就算別人怎麼提醒，自己沒察覺也沒用，我自己經歷過所以知道。」

聽到這句話，這次輪到我覺得不爽了。這根本就是一種「我就不說了」，卻還是在說教的說法。佐渡谷女士拿起放在旁邊的包，從裡面拿出一個紙袋遞給我。

「來，這個妳拿去吧。」

紙袋硬塞過來，我一臉疑惑地打開紙袋，裡面裝的正是我退還給靜的那束馬達加斯加香草豆。

「這是？」

「靜被你拒絕後，心情低落到不行，結果就把這個放在明日香那兒，說『把這個給那個吵鬧的大嬸』。但說到底，這原本就是妳的東西。」

我盯著那束香草豆看了一會兒，然後坦率地說：

「那我就收下了。」

接著，我坦承自己做過一件事。

「其實在退還之前，我偷偷抽出一根來試。這真的是高級貨。」

我把香草莢湊到鼻子前，閉上眼睛，露出滿足的表情嗅著它的香氣。看到我這副模樣，佐渡谷女士搖搖頭。

「要讓妳談戀愛，恐怕還要再過一百年吧。」

她一副放棄的樣子，又開始吃起蕎麥麵。

「靜說香草價格暴漲，馬達加斯加甚至引發內戰般的衝突。」

我一邊說著，想起了優美小姐的話。

「……優美小姐真的去過這種危險的地方嗎？」

「應該吧？不過明日香從來沒提過這件事，所以我也很意外。」

佐渡谷女士這麼回答，但夾麵的筷子動作慢了下來。我說起自己對優美小姐有種捉摸不透的印象。

「總覺得，她不太像去過那種地方的人。她身上那套像戰鬥服的衣服還有靴子，都是新的，她做點心的樣子也不太熟練。要是她真的在戰亂地區工作過，譬如救援隊或者當地支援志工之類的，應該很習慣動手做事才對吧？而且，她的皮膚也沒有什麼曬黑的感覺……」

佐渡谷女士放下筷子，表示同意。

「就是啊。我也覺得有點怪怪的。果然還是妳厲害！」

佐渡谷女士指著我手中的香草。

「妳不僅對食材很敏銳，看人的眼光也很準呢。」

她會再問問明日香，打聽一下她的事。佐渡谷女士看著我的眼睛說：

「但她媽媽喜歡蒙布朗，這件事應該是真的。」

聽到這句話，我察覺到自己好像忽略了什麼，回望佐渡谷女士。

「說得也是……」

不知道她媽媽最喜歡哪家店的蒙布朗呢？佐渡谷女士歪著頭思考。我附和著回應，最近大多數的店都是做法式的咖啡色蒙布朗。根據自己掌握的有限情報，推理後回答：

「不過，她平時應該習慣吃家鄉的美味栗子，也有小酌的習慣。她媽媽喜歡的，應該是用高級食材製作的蒙布朗吧。」

「對耶。雖然對妳很抱歉，不過妳都說到這個地步了，這次能不能麻煩妳做出符合這個水準的蒙布朗？」

我刻意大大嘆一口氣，佐渡谷女士認為這就表示我同意，所以開心地拍著手。

「……話說回來，白井小姐，」

她停下動作，瞥了一眼桌上的菜單。

「妳喝酒嗎？還是完全是個甜食派？」

「不，我也會喝酒。」

我跟著看向菜單，兩個人一同盯著那幾個吸引人的字眼。

「哎呀，早知道就先來點溫熱的清酒，再配蕎麥麵了！」

我依舊盯著菜單，對著覺得遺憾的她表達共鳴：

「還有切片魚板呢……」

「那下次就一起喝一杯吧，決定了！不好意思～請給我們蕎麥湯！」

我看著那個大聲喊店員的吵鬧大嬸，不禁再次疑惑，我們怎麼會變得這麼熟？

嗯……耀眼得不得了的……黃色。正在打工的我，把剛從工廠送來的經典款黃色蒙布朗擺進展示櫃時，心裡湧起一股複雜的情緒。

「要做的話……還是做黃色的蒙布朗吧？」

今天早上，佐渡谷女士打電話來這樣說。我反問為什麼的時候，她難得地用沉重的語氣回答：

「因為妳說中了。」

接下來的話，是佐渡谷女士從明日香小姐那裡聽說的。果然，優美小姐並沒有去過危險的戰亂地區。事實上，自從大學畢業到現在，她一直待在家裡。幾年前，關係不佳的爸爸去世後，她稍微開朗了一些，開始走出家門，最近還參加了地方政府舉辦的志工活動。然而，不幸的是，某次她難得參加外宿的志工活動，媽媽因急病離世了。媽媽當時身體已經不適，但她還是選擇滿足自己的需求，出門參加活動。她對此深感懊悔，精神狀態變得不穩定，現在定期去明日香小姐那裡接受心理諮商。

「好可憐，她是因為無法面對那份罪惡感，才會用那種打扮，甚至誇大事實。但如果事先告訴妳這些，對妳來說負擔會太重，所以明日香才刻意沒說。」

明日香還說，這次妳又成功看穿了她的謊言，對妳十分佩服呢。佐渡谷女士笑著補充。

「……所以說，這麼沉重的個案，別往我這裡丟啊！請轉達給明日香小姐這句話。」

我這樣吐槽。不過，優美小姐似乎意外地喜歡製作甜點，似乎也很期待這次做蒙布朗。

「她想起來，媽媽最喜歡的是『安潔莉娜』的蒙布朗。」

果然是那個啊。說到咖啡色的蒙布朗，「安潔莉娜」是最有名的，這個答案在我預料之中。

「雖然我知道妳一定能做出和『安潔莉娜』一樣的蒙布朗……」

電話那頭的佐渡谷女士，語氣帶著猶豫。

「雖然明日香說沒問題，但對於一個正在逃避現實的人來說，真的要讓她吃到會勾起媽媽回憶的甜點嗎？」

講得好像是我提議做蒙布朗一樣，我忍不住反駁——

「『我們來做媽媽喜歡的蒙布朗吧！』這句話可是妳說的哦，佐渡谷女士！」

然而，她卻裝傻回答：咦？是這樣嗎？還加上一句——

「可是，我不想吃黃色的蒙布朗耶。」

「什麼？所以到底要做哪一種？」

「嗯……就交給妳決定吧。」

說完，她便逃跑似地，匆匆掛斷電話。

「欸——等一下！」

我喊了一聲，但電話那頭當然沒有回應。

結果，還是得由我來收拾這個爛攤子……我一邊碎念，一邊將黃色的蒙布朗蛋糕擺進展示櫃。然而，這種黃色蒙布朗，最近似乎只有在販售廉價蛋糕的店裡才會看到。

順帶一提，最早在日本販售「蒙布朗」蛋糕的，是東京自由之丘的西式甜點店「蒙布朗」，這間老店創立於昭和八年（一九三三年）。據說創辦人在蒙布朗吃過以蛋白霜與栗子製作的甜點後，便嘗試模仿製作。不過，為了符合當時日本人的口味，他使用了較為熟悉的糖漬栗子與奶油霜，蛋糕底座也改成較易入口的海綿蛋糕，於是便誕生了這款帶有日本特色的蒙布朗。這款「元祖蒙布朗」至今仍在販售，風味樸實，製作細膩，吃起來相當美味。最頂端擺放的並非栗子，而是白色的蛋白霜，象徵著蒙布朗山頂的積雪，外觀很可愛。這款日式「蒙布朗」迅速走紅，其他甜點店紛紛仿效，並以相同名稱販售。隨著市場需求擴大，開始出現成本較低、商業化的版本，例如使用地瓜內餡，或者只是在杯子蛋糕上擠點奶油等變化款。不幸的是，這些品質較低的商品影響了大眾對「黃色蒙布朗」的印象。

到了一九八〇年代，法國甜點品牌「安潔莉娜」進駐日本，開始販售使用歐洲栗子泥製成的「法式元祖蒙布朗」，這款蛋糕呈現優雅的深咖啡色，外型時尚，口感濃郁豐富，自然而然地取代了品質下降的日式蒙布朗，成為市場的新寵。

將所有蛋糕擺進展示櫃後，我雙手抱胸，喃喃自語——

「不管是黃色還是咖啡色的，我都不想做啊……」

我陷入沉思時，突然聽到有人喊：不好意思！我趕緊回神，立刻轉身面對顧客：

「歡迎光臨！」

拿起筆記本準備記錄點單，顧客是一位年輕的媽媽，將嬰兒推車停在旁邊，專注地望著展示櫃挑選甜點。她熟練地點了泡芙、輕乳酪蛋糕、巧克力香蕉塔……接著似乎在尋找什麼，但沒看到目標，於是轉向我詢問：

「請問還有賣『曼布朗』嗎？」

「曼布朗？」

原本正在記錄訂單的我，不禁停下筆，疑惑地重複了一遍。此時，在店裡工作已久的店員大姊迅速走到我旁邊，代替我回答。

「很抱歉，『曼布朗』是期間限定商品，目前已經停售了。或許夏天的時候會再推出……」

這樣啊……年輕媽媽有些遺憾地說，隨後改點了其他甜點。我邊將蛋糕裝盒，邊想：曼布朗是什麼東西？這個名字讓我愈發在意。等客人滿意地接過蛋糕盒離開後，我立刻詢問這位前輩。

「那個『曼布朗』，到底是什麼蛋糕啊？」

前輩笑著解釋：

「就是把蒙布朗的栗子奶油換成芒果奶油而已。頂端放的也不是栗子，而是切塊芒果。」

我皺起眉頭，試著想像。而她似乎看穿了我的疑惑，點了點頭：

「雖然奶油是芒果色，但顏色只比普通蒙布朗稍微深一點而已。因為外型跟蒙布朗太相似，擺在一起時，客人根本分不清差別呢。」

咦？我驚訝地回應道。

「那賣得不好嗎？」

「根本賣不出去。徹底失敗啦！雖然我剛才沒明說，但應該不會再做了吧。聽說開發部當時還覺得這個名字很棒，信心滿滿呢。」

「用這種開玩笑的方式來做甜點不行吧。」

我覺得很無言，但轉念一想，大型甜點公司的開發部門每次都要絞盡腦汁推出新品，也確實很辛苦，覺得有點同情。

「不過，竟然還有人想回購『曼布朗』，真是驚訝。」

前輩望向剛才那位客人離去的方向。

「代表味道應該還不算太糟吧？」

我一邊說，一邊驚訝地發現，自己竟然也想吃吃看。明明以前從未對這種連鎖店的甜點感興趣。前輩想了想，換了一個表情回憶著味道：

「我吃過幾次剩下的庫存，用折扣價買的……現在回想起來，好像也沒有特別難吃。」

她點點頭，繼續說：

「不過，我個人覺得，之前的抹茶蒙布朗才是真的難吃。那款也停產就是了。」

她看著展示櫃裡的蒙布朗露出笑容。

「搞不好，開發部沒學乖，又會想出什麼奇怪的蒙布朗呢。這次也許會做成不會搞混的水藍色？」

「真的做什麼都可以耶。」

我苦笑著回應……但「什麼都可以」嗎？我對自己這樣說，一道靈感閃過，在心中迴盪。讓我隱約找到了解決沉重難題的線索。

「今天麻煩妳囉！」

比預定時間還早到的佐渡谷女士，風風火火地走進廚房，彷彿忘了之前把工作全都推給我的事。我已經懶得生氣……

「今天要做的蒙布朗材料都在這裡。」

我指了指工作檯上的材料，她只瞄了一眼，便驚訝地說了一句話。

「這個，一定很好吃！」

過了一會兒，優美小姐低聲打了個招呼走進廚房。她依然穿著那套像戰鬥服一樣的服裝，看到她認真的表情，我忽然覺得，她之所以這樣打扮，也許不是單純的逃避現實，而是真的在與某些東西戰鬥吧。今天要做的蒙布朗，能成為她戰鬥的武器嗎？我站在工作檯前，開始向佐渡谷女士和優美小姐說明。

「『安潔莉娜』是法國的老字號甜點店，據說他們販售的咖啡色蒙布朗才是真正的『元祖蒙布朗』。它的做法很簡單，底座是烘烤過的蛋白霜，上面擠上不甜的鮮奶油，再覆蓋一層過篩的甜栗子泥，是一款很簡單的甜點。」

我拿出手機，讓她們看照片。

「日本的蒙布朗，就是仿照這款蛋糕製作的。不過，日本的做法是將蛋白霜換成海綿蛋糕，並使用日本獨有的糖煮栗子，才會變成和原版完全不同的黃色蒙布朗。」

原來如此。優美興致勃勃地聽著。接著，我從烤箱裡取出事先製作好的圓形蛋白霜給她們看。

「這就是基底。只要把蛋白打發至硬挺，加入砂糖後烘烤，就能做出這樣酥脆又美味的蛋白霜。」

今天不能捏碎對吧。佐渡谷女士笑著說。

「那接下來的步驟，優美小姐也一起加入吧。『安傑莉娜』的蒙布朗當然是用法國產的栗子製作，但今天我們要使用的是長野縣產的這個。」

我指向擺在工作檯上的瓶裝「糖煮薄皮栗子」。瓶子裡泡在糖漿中帶著薄皮的栗子呈現出明亮的咖啡色，這就是所謂的栗色，來自長野縣小布施地區的特產。

「這是長野縣產的栗子，帶著薄皮燉煮。日本的栗子，外層的硬殼與包覆果肉的薄皮是緊貼在一起的，因此要單獨留下薄皮並不容易，一般都會連同鬼皮[6]一起削去，只留下內裡的黃色部分食用。因此，用這種方式製成的糖煮栗子通常是黃色的。但歐洲的栗子在剝去硬殼時，可以完整保留內層的薄皮，比較接近日本的甜栗。帶薄皮的栗子，風味會更加濃郁哦。」

原來如此。優美小姐拿起瓶子仔細端詳。這次她明顯比上回更積極，佐渡谷女士也興致勃勃地湊近瓶口觀看。

6 栗子的外殼日文稱之為「鬼皮」，裡面還有一層「澀皮」，堅固地守護栗子的美味。

「如果用這個來做，日本的栗子也能變成咖啡色的蒙布朗對吧。不過，比起法國產的栗子奶油，味道應該會比較清爽吧？畢竟日本的栗子本身就不會太甜。」

她的觀察很敏銳，我立刻回應道：

「沒錯，所以才會選擇這個食材。法國的栗子奶油往往過於甜膩，而今天要做的蒙布朗，必須使用不甜的栗子奶油醬才行。」

「為什麼呢？」

這次換優美小姐毫不猶豫地發問。我微笑著，說出早已準備好的答案。

「因為我們要把栗子奶油醬下方的鮮奶油，改為加入馬斯卡彭這種奶油起司。如此一來，內餡會帶有適度的甜味與濃厚感，因此覆蓋在外層的栗子奶油就需要降低甜度來平衡口感。」

「奶油起司？」

優美小姐睜大眼睛望向我。

「這麼說……」

「就是結合蒙布朗與起司蛋糕對吧！」

這回是佐渡谷女士幫她說出口。

「對吧?白井小姐?」

我點了點頭。

「我在想,能不能把妳母親喜歡的蒙布朗,和妳最愛的起司蛋糕結合起來?當然,這裡指的起司蛋糕不是『烘焙』版本,而是『生起司』版本。」

我邊說邊觀察優美小姐的反應。

「我也很喜歡生起司蛋糕呢!尤其是那種用紗布包裹的款式。另外,含有馬斯卡彭的提拉米蘇,我也超愛的!」

她的臉上浮現出感動的表情。

「太好了,那就開始吧!」

我打開栗子的瓶蓋。

「這個味道,和從老家寄來的栗子一模一樣!」

這款栗子奶油是由薄皮栗子過篩後,再加入奶油、鮮奶油與砂糖攪拌,讓口感更加細緻滑順,優美小姐嘗了一口之後感動地這麼說。

「吃得出來嗎?」

我特意挑選這款食材,聽到她的話不禁感到欣喜。我將調製好的栗子奶油裝進擠花袋，袋口裝上蒙布朗專用的花嘴時，優美小姐喃喃自語。

「我想我媽媽也會很開心……『安潔莉娜』的蒙布朗雖然好吃，但她總是說太甜了。」

就是說啊。佐渡谷女士點頭附和。

「法國的蒙布朗對日本人來說確實偏甜，甚至因為這樣，巴黎總店特地做了比原版更小一號的日式版本呢。不過對我來說，大尺寸的也完全沒問題。」

這次我們做中等尺寸。我這樣回絕大尺寸的提議，然而優美小姐的表情卻有些黯淡，似乎陷入了某種思緒之中。

「我媽……吃『安潔莉娜』的蒙布朗時會說『太甜了』，吃黃色蒙布朗又嫌『沒有栗子味』，買其他店的咖啡色蒙布朗，她又會說『只是模仿，少了點什麼』……無論如何，總要挑剔幾句。」

我忍不住看向她的臉，這番話彷彿在哪裡聽過……佐渡谷女士則露出溫柔的神情點點頭。為了轉換話題，我將目光移回手中的擠花袋。

「那麼，我先來示範一次。」

我將兩個不同口味的擠花袋擺上工作檯。首先，在白色的蛋白糖霜上，拿起裝有加入馬斯卡彭起司的鮮奶油的擠花袋，使用寬口花嘴，擠出一層穩固的基底，讓它呈現小山狀。接著，再用裝著淺咖啡色栗子奶油的擠花袋，換上細口花嘴，以十字交錯的方式擠上外層裝飾。過程雖然簡單，但當完成的蒙布朗呈現在眼前時，優美小姐仍然很感動。

「太厲害了，這和『安潔莉娜』的蒙布朗一模一樣！」

想試試嗎？我將馬斯卡彭奶油的擠花袋遞給優美小姐。

「我……能做到嗎……？」

抹柔軟的奶油，讓優美小姐有點害怕。

「沒問題的，真的比看起來簡單！來，試試看！」

佐渡谷女士這樣鼓勵她。優美小姐小心翼翼地將奶油擠到蛋白霜上，畢竟是第一次做，這也是沒辦法的事，不過一開始太過戰戰兢兢，擠出的奶油少得可憐。她咬牙稍微用力，結果擠出大量奶油。我正想著糟糕了，佐渡谷女士卻一派輕鬆地說：

「哎呀，很不錯啊！就這樣繼續！」

她自然地誇獎優美小姐，讓她可以保持手上的動作繼續進行。聽起來完全不像是客套話，優美小姐似乎因此獲得一點信心，開始穩定地移動花嘴，最後順利擠出一座小山。

「太棒了！太棒了！」

我忍不住脫口稱讚。優美小姐難以置信地看著自己完成的作品。佐渡谷女士一副乘勝追擊的樣子，迅速遞上裝有栗子奶油的擠花袋，讓她接著用栗子奶油做裝飾。

「要擠得滿滿的，像座山一樣，畢竟蒙布朗就是一座山嘛！」

最後完成的蒙布朗雖然不是完美的理想形狀，栗子奶油堆疊出來的線條中帶著些微顫抖，卻依然是座挺拔的小山。稍微冷藏後，按照往常的習慣，大家圍坐在工作檯邊，把它當作桌子，一起泡茶試吃。

「看起來好好吃！」

看著自己親手製作的蒙布朗，穿著迷彩服、年近四十五的繭居女性，此刻的表情卻宛如小學生。而一旁笑著喝紅茶看她的佐渡谷女士，就像她的母親一樣。

「來，快嘗嘗看。」

在佐渡谷女士的催促下，優美小姐小心翼翼地將叉子插入自己做的蒙布朗。儘管這道甜點大多是由奶油構成，卻意外地擁有扎實的手感，這讓她稍微安心了些，便果斷地用叉子切下一口，送入嘴裡。雖然在製作的過程中，她應該已經能大致想像出味道，但顯然這一口的美味超出了她的預期。她露出了驚訝的神情。

「這是……！」

她捂住嘴巴，看向我們，又低頭盯著蛋糕。

「是起司蛋糕！」

她興奮地這樣說。

「雖然是蒙布朗……但這也是我最喜歡的蛋糕！」

佐渡谷女士用「妳不錯嘛！」的表情看向我，然後迫不及待地舀起一大口放進嘴裡。她一瞬間瞪大眼睛，但隨即闔上眼皮低著頭。

「……這個，真的太好吃了……」

她用呻吟般的低沉音調說話。這是我第一次聽到佐渡谷女士如此低沉的聲音。我感受到一種從內心深處湧現的自豪。「成功了！」我在心裡比了一個勝利的手勢。這股湧上的激動，讓我有些意外。以前在店裡工作時，有過這種感覺嗎？當然，當客人對我的蛋糕讚不絕口時，我會覺得開心，但我是否曾經真心盼望別人因為我的蛋糕而感動、受鼓舞或者是覺得幸福呢？

「日本的栗子不會太甜，馬斯卡彭起司不會太酸，兩者融合得多麼完美。彼此不會搶鋒頭，反而襯托出對方的美味，簡直是絕妙的搭配！謙虛又自由！這樣的蒙布朗，就算真的爬上蒙布朗山，也吃不到啊！」

佐渡谷女士激動到語無倫次，然後轉向優美小姐：

「優美小姐，這次也要感謝妳呢。畢竟，是妳讓白井小姐做了這款蒙布朗的……咦？妳怎麼了？」

佐渡谷女士看著她，發現優美小姐盯著乾乾淨淨的盤子，眼淚不受控制地滑落。

「……對不起……我只是想著，如果母親和我……也能像這顆蒙布朗一樣，互相溫柔以待，那該有多好……」

優美小姐雖然止住淚水，但內心積壓已久的情感已經忍不住宣洩出來。

「我繭居在家的時候，媽媽每天都對我說『快點出門吧！』但她越是說，我就越抗拒……好不容易，我終於找到了一份志工工作，開始走出家門了……結果這次，她又罵我『別每天往外跑，哪天又會出問題，還是待在家吧。』我知道她的意思，但我只是希望她能夠笑著接受我的改變……就像蒙布朗的口味一樣，不管我怎麼做，都會被挑剔……後來，不想再看到她的臉，索性不回家……然後，她突然說，身體不太舒服……我以為那只是為了讓我回去的藉口……可是她真的……」

話說到這裡，她已經泣不成聲，無法再繼續下去。佐渡谷女士輕輕地走到她身旁，默默伸出手輕柔地撫摸著她的手臂。

「最讓人痛苦的是……」

優美小姐滿臉淚水地對佐渡谷女士坦承：

「媽媽去世了，而我心裡的某個角落卻鬆了口氣。我明明知道，她是犧牲自己的人生，才能照顧我到現在……但我……我真的是很不孝的女兒。」

佐渡谷輕輕點頭。

「這真的……很痛苦啊。」

「所以，我想變成另一個我……一個不是自己的我。」

優美小姐抬起頭，像是在尋找一個逃避的方向。佐渡谷女士沉思片刻，然後忽然轉向我。

「再來一個。」

什麼？我沒出聲，但用表情表示疑惑。

「再拿一個蒙布朗給優美小姐。」

佐渡谷女士朝冰箱指了指。我雖然有些困惑，但還是拿出另一個我們一起做的蒙布朗，擺到優美小姐的盤子上。

「這是給新生的妳，快吃吧。」

優美小姐沉默地望著眼前的蛋糕。

「妳不用變成別人，但也不必回到過去。現在的妳，是邁出一步、全新的妳。妳不再是那個努力與固執母親共度時光的自己。從今以後，妳可以用新的自己，去過妳想要的人生。」

佐渡谷女士輕嘆了一口氣。

「我自己也曾被父母左右人生。有些事我覺得還不錯，但有些事……到現在想起來還是讓我生氣。我掃墓時，只買最便宜的花。不過，唯一確定的是現在的我，擁有自由。所以，我要好好享受這份自由。」

優美小姐抬頭望向佐渡谷女士。

「……自由……」

「雖然可能會後悔，但最重要的是獲得自由。妳媽媽老是抱怨太甜，卻喜歡吃安潔莉娜的蒙布朗。她也愛妳，那些抱怨，也許是她表達愛的方式。但妳不需要迎合她，妳是妳自己，自由地去做妳想做的事就好。」

優美小姐用手指拭去不斷滑落的淚水。

「其實，我媽媽也是這樣。」

我突然這麼說，佐渡谷女士驚訝地睜大眼睛看我。

「她總是對我說：妳就是這樣的孩子，自己一個人也能活下去。於是我硬逼自己去符合她的期待——」

我不知道，為什麼連我自己也說這些話。

「也許，我真的有點勉強自己了。」

優美小姐看向我，一副很意外的樣子。

「也許，這種心情，會反映在店裡吧。」

我像是在反省什麼似地，望向廚房。而佐渡谷女士則是嘴巴半張，呆呆地望著我，隨即露出燦爛的笑容，舉起叉子：

「那我們三個人一起吃吧！讓三顆『謙虛又自由的蒙布朗』，成為我們新生的禮物！吃一顆也能感到滿足，既然我們是自由之身，想吃兩顆、三顆都可以。」

優美小姐邊笑邊流淚，將叉子插進第二顆蒙布朗，而我則照著指令，回頭再去冰箱取出兩顆蒙布朗。

「白井小姐，換完衣服後，我有點話想跟妳說……」

在打工處的狹小更衣室裡脫下制服時，那位前輩大姊店員突然跟我搭話。什麼事？難道是因為我不積極推銷商品，又要被炒魷魚了嗎？我戰戰兢兢地走到後場，卻見前輩滿臉笑容地對我說：

「前幾天妳給我的蒙布朗！我還以為是哪家高級甜點店的商品，真的好好吃啊！」

「啊……那就好。」

我鬆了一口氣回應。其實我就是因為她，才獲得「蒙布朗可以千變萬化」的靈感。為了感謝她，我又做了一次「謙虛又自由的蒙布朗」，並親手送給她，告訴她這是手工製作的。

「白井小姐，聽說妳以前開過甜點店對吧？但那不只是手作的程度，那根本是專業級的味道！」

因為這間店的規矩比之前那家店寬鬆許多，所以我也沒有特別隱瞞自己的經歷。前輩用帶著敬意的眼神看著我，然後說：

「其實啊……我先生在這家店的總公司工作。」

不能告訴別人喔。她壓低聲音這樣說。

「我們全家一起吃了妳做的蒙布朗，結果我先生比我還感動！」

喔～我單純覺得有趣，就這樣回應。

「他興奮地問我：『這到底是什麼人做的？』他說，雖然外型和安潔莉娜的蒙布朗相似，但味道完全不同，更符合日本人口味。妳是用了日本的栗子對吧？」

聽到這句話，我打從心底佩服起來。

「妳先生真是厲害！能細緻地品嘗出這些差異，我覺得很開心。」

前輩的表情變得更加認真，直視著我的眼睛說：

「所以啊，我就把妳的事情告訴他了。結果他說，不應該讓妳在店面打工，『不知道她願不願意來開發部工作？』這可不是玩笑，他是認真的。妳的蒙布朗讓他一見傾心。」

我瞪大眼睛，一時語塞，只感到驚訝。

「這是……想招聘我？是嗎？」

前輩點點頭。

「是想挖角妳啦。」

我驚訝地眨了眨眼，她遞給我一張名片。

「這是我先生的名片，等妳的消息哦。」

前輩笑著再次點頭，而我則低頭看著名片，緩緩地應了一聲好。這家公司隸屬於大型烘焙企業，旗下擁有全日本最多分店的甜點連鎖品牌。現在他們的產品開發部門，竟然想要挖角我……就憑一顆蒙布朗蛋糕。

「薪水應該比在這裡打工……多吧？」

我盯著名片喃喃自語，前輩則用無奈的表情看著我。

「啊～真好吃！」

一如往常，佐渡谷女士像作了美夢一樣滿足地瞇起眼睛……但她嘴裡吃的，其實不是甜點，而是……關東煮。確切來說，是吸飽高湯精華、軟嫩多汁的油豆腐。

「最近都沒做關東煮呢～以前店裡還有員工的時候，都會煮一大鍋。」

終於，我和佐渡谷女士一起掀開店家的暖簾，去喝了一杯。我們坐在榻榻米座位上，面對面坐下。旁人看來，我們可能像是母女、姊妹，或是認識多年的老朋友吧。我不禁再次思考——為什麼我們會變得這麼要好呢？答案其實很簡單，因為佐渡谷女士的個性就是這樣，讓人不自覺地親近她。我對她過往的經歷也自然而然地產生了興趣。

「妳為什麼不再做料理研究家的工作呢？」

我一邊把熱清酒倒進她雙手捧著的小酒杯，一邊問道。

「妳出了這麼多書，又這麼受歡迎。」

「我突然不想再努力了。就像妳之前說的，我其實也在勉強自己。」

她淡淡地道出過去的經歷。某年冬天，她在一本女性雜誌的專欄中介紹了一道「超簡單的聖誕蛋糕食譜」。

「那時候的我實在太忙了，所以沒想太多。當時直接寫了分蛋法的海綿蛋糕食譜，結果引來大量投訴！」

為什麼？我一臉疑惑地看著她。

「這個做法在最後攪入的融化奶油前，全程只需要用攪拌器就能完成。但讀者們紛紛抱怨說根本不簡單，做起來超難，有人操作失敗，說我的說明不夠詳細，導致編輯部的信箱和電話投訴接到手軟……要是當時已經有網路的話，肯定會『延燒』。」

那是「炎上」吧。我吐槽了一句，然後若有所思地回應：

「不過……這種狀況，確實不難想像。佐渡谷女士看起來作風瀟脫，實際上卻是個手藝高超的人。一開始會讓人誤以為簡單，但一般人，尤其是新手，根本無法輕易模仿。」

「哎呀，被妳這麼誇獎，真讓人開心呢！」

佐渡谷女士喝了點酒，臉頰微微泛紅，眼神閃閃發亮。

「專業人士講求細緻，厲害的料理人也很多。但能像妳這樣靈活運用大膽與細膩、剛強與柔和的人，實在少之又少。」

「哎呀，不行了！今天這頓我請客！」

她高興地舉起清酒瓶，坦率地表達開心。

「可是，因為這點小事，就不想研究料理了嗎？」

我歪著頭問道，她的表情忽然變得有些悲傷。

「那些投訴信我全都讀過，電話錄音我也聽了。問題……不在於指責本身，而是因為我的食譜，讓他們的聖誕節變得一團糟。」

從她的神情，我彷彿能夠感受到當時她受到的衝擊。

「許多忙碌的媽媽，看了我的食譜後，想著難得在聖誕節親手做一個蛋糕。她們本來期待能做出鬆軟可口的蛋糕，結果卻變成硬邦邦、像甜麵包一樣的東西……孩子們肯定也很失望吧。聖誕節的氣氛瞬間跌到谷底。」

「我倒覺得，偶爾才動手做的人，應該先練習一次，再來挑戰聖誕節當天的正式版。」

我的語氣有些嚴厲，但佐渡谷女士卻搖了搖頭。

「我掛上『簡單』這個標籤，這就是我的責任。我過於執著於強調這個詞，而忘記最重要的事。那些參考我的食譜來製作料理的人，他們的生活、喜悅、失落，甚至他們的人生，都與這道料理息息相關。」

聽到這番話，我心頭一震，沉默不語。這正是我最近才意識到的事情。我一直以為，做點心就是做出來賣掉，然後結束，只需要確保別人能夠吃到美味的東西。但其實我製作的甜點會流轉在人與人之間，成為他們人生的一部分。

「所以啊，我決定從零開始，重新思考料理的意義。剛好當時也忙得不可開交，腎臟出了問題，我想這正是個好時機。我把自己當成實驗品，把食譜改成有益身體健康的內容，想要做出『即使生病，也能讓每天快樂的料理』。」

從那之後，她不再透過書籍或媒體發表食譜，而是轉向親自與人接觸，在公民館等公眾場合舉辦課程，直接教導人們料理。

「我發現這樣的方式更有趣。當場就能聽見大家的抱怨，甚至還能直接反駁呢。」

「別小看專業人士的『簡單』嗎？」

這句我可能有說過。她笑著回答。望著佐渡谷女士，再次由衷地感謝能與這樣優秀的前輩相識。這份心情滿溢於心，但拙於言詞的我，最終什麼也沒說，只是像往常一樣沉默。

「對了，說到『專業人士』……」

佐渡谷女士像是突然想起什麼，開口說：

「明日香對我們感激得不得了呢。她說『妳們真的做得太好了！連專業的心理諮商師，都很難讓優美小姐如此敞開心扉』。」

我沒有直接接受這句話——

「能讓她走到那一步的人，其實是明日香小姐吧。我們只是剛好在廚房裡，碰上了她爆發的那一刻而已。」

說完，我在自己的小酒杯倒滿酒。

「再說，就算被誇，我也不打算成為心理諮商師。」

我苦笑了一下，佐渡谷女士點點頭，表示認同。

「那……白井小姐，妳到底想做什麼呢？」

佐渡谷女士的語氣忽然變得嚴肅。我看著已經有些微醺的她，一時語塞，無法立刻回答這個問題。

「做什麼啊……」

我腦海裡浮現的是那個挖角事件。

「……其實，打工那家店的開發部門來挖角了呢。」

聽到這句話，佐渡谷女士的眼神瞬間清醒了一些。我沒有勇氣直視她的眼睛，手中不自覺地把濕紙巾揉成一團。

「做正職員工的收入應該比打工高，所以我有些猶豫。」

佐渡谷女士沉默了片刻，我無法再說下去。

「被需要是件很棒的事。」

她的回應出乎我意料。

「不管是連鎖店還是什麼，只要是妳想做的就好。」

我看著她，她依然露出真誠的笑容。

「如果妳進了開發部，那裡的泡芙一定會變得更好吃！」

我凝視著佐渡谷女士……心裡突然覺得，這個人就是一位母親。她不會限制我的方向，而是給我無限的可能，就像「母親」一樣。

「做出便宜又好吃的東西，讓大家發現隔壁的『帕斯卡爾』，泡芙又貴又難吃！」

雖然方向似乎有點偏離，但我還是笑著點了點頭。就在此時，我的手機響了。佐渡谷女士示意我接電話，於是我接起電話，和對方簡短地說明行政事務的內容。

「……好，我知道了。」

我回應後掛斷電話，並且面無表情地告訴佐渡谷女士。

「是房東打來的，聽說已經找到人來接手我的店，聽說準備開一家賣甜甜圈和瑪芬的店。」

還沒聽完，佐渡谷女士臉上的笑容就消失了。

「……那就不能再用那個廚房了吧。」

我不太想承認，只是輕輕點了點頭。和佐渡谷女士一起教別人製作甜點的「甜點療癒教室」，也就到此為止了。

「……真是遺憾。」

我意識到自己竟然有些想哭。甜點店結束營業的時候，我還沒有這麼悲傷。為什麼？我問自己……不，我覺得，甜點店結束營業的時候，應該也是這樣才對。即使學到重要的事，但一切已經太遲。我的店還有廚房，以後都已不復存在。真的什麼都不剩了。

聽著隔壁座位傳來的歡聲笑語，我和佐渡谷女士再次陷入漫長的沉默。

Recipe 6

香草般的每一天

「專賣甜甜圈和瑪芬的店，應該是烤甜甜圈吧，不是炸的那種。」

看來佐渡谷女士受到的打擊比我還大，這幾天她都沒有聯絡我，直到她似乎調整好了心情，像平常一樣搖晃著裙襬，活力十足地走進廚房。

「這裡沒有炸鍋啦，但說實話我還是比較喜歡炸甜甜圈。」

她依依不捨地望著廚房。我一邊把烘焙器具和模具放進紙箱裡，一邊回應她。

「某種程度上來說，他們這樣做是對的。烤甜甜圈和瑪芬的材料、工序幾乎一模一樣。」

前來查看的租客告訴我，不需要備品和小雜物，要我處理掉。

「——這樣可以節省人工和原料，也就是說，成本比較低。」

「基底一樣，只是稍微改變一下配料，換個花樣用外觀來欺騙顧客。加點巧克力、莓果之類的。」

佐渡谷女士不滿地哼了一聲。

「反正，這種店也會倒閉啦。」

我默不作聲，她立刻慌張地道歉。

「對不起，我的意思是說顧客很快就會膩了。」

她試圖打圓場，我搖了搖頭。

「我不知道。能存活的店，和無法存活的店之間的差別是什麼……即便有問題，能留下來的店還是會留下來，而無法留下的店還是會消失。我覺得這就像人的壽命一樣。」

原來如此啊。佐渡谷女士一邊看著我用膠帶封好紙箱，一邊這麼說道。我將紙箱一個接一個疊放在後門旁。

「不過……即便壽命已經注定，努力活下去還是很重要的。現在的我是這麼想的。」

她沉默地聽著我的話，接著問：

「……這些裝著烘焙工具的紙箱，妳打算拿去哪裡？」

我告訴她，明天會租一臺貨車，把這些全都賣到二手店。聽到這話，佐渡谷女士悲傷地嘆了口氣。

「要不要喝杯茶呢？雖然沒有點心。」

我對她這麼說。

我們泡了簡單的濾掛咖啡，然後像往常一樣，在工作檯邊坐下稍作歇息。

「妳打算去連鎖店的開發部門上班嗎？」

聽到她這樣問，我沉默了一下。

「其實我還沒答覆，還在考慮該怎麼辦。」

然後，我直視著佐渡谷女士的雙眼。

「之前一起喝酒的時候，妳問過我：『那……白井小姐，妳到底想做什麼呢？』對吧？」

我一度把她當成母親的人物，只是溫柔地點了點頭。

「我現在正在思考這個問題。我自己，究竟想做什麼……但還沒有答案。所以我想再多考慮一陣子。」

「慢慢想就好了啊。」

佐渡谷女士微笑著說，然後將那個熟悉的拼布包咚一聲放在工作檯上。

「也就是說，今天的煩惱小羔羊……不，最後的煩惱小羔羊，就是白井小姐妳了。」

說完，她開始從包裡一樣樣拿出裝在密封袋裡的材料，整齊地排在桌上。

「來吧！像平常一樣做甜點，把問題解決掉吧！」

我驚訝地看著這些東西。

「欸？這是要幫我復健嗎？真的嗎？」
佐渡谷女士點了點頭。
「妳不是還在煩惱嗎？妳臉上的表情跟來明日香診所裡的那些個案一樣憂鬱呢。」
她自顧自地說著，還輕輕拍了拍我的手臂。
「這次換我來教妳。最後，就讓妳親手在這裡烤一個蛋糕吧。」
「佐渡谷女士來教我？」
我皺起眉頭。
「妳上次喝酒的時候，可是大讚我很厲害耶。」
看到我的表情，佐渡谷女士顯得不滿。
「那時候我有點醉了。而且現在突然要做蛋糕……我的工具已經全部收起來了。」
我指了指裝滿工具的紙箱。佐渡谷女士這才說：啊，對喔……
「我應該早點說的。不過呢，我已經事先篩好粉類食材帶來了，所以只需要準備攪拌盆、打蛋器、刮刀，還有——」
她很滿意自己的計畫，笑著說：

「磅蛋糕模具。」

然後，她指著那些紙箱，對我發出指令。

「煩惱的小羔羊，快去拿出來吧。如果妳想找到答案的話。」

我沉默了一會兒，然後展開眉頭問：

「要做什麼？」

「磅蛋糕！」

佐渡谷女士大聲宣布，但我只是淡淡地吐槽她。

「妳是不是出門的時候，突然想做蛋糕，又發現沒準備材料，所以才選了這個？因為這種蛋糕只需要奶油、雞蛋和麵粉就能做。」

她沒有反駁，只是心虛地移開視線，然後補充了一句：

「還需要砂糖喔。」

「好吧……磅蛋糕模具，放在哪個箱子裡呢？」

我無奈地嘆了口氣，然後走向剛剛才堆好的紙箱。迅速地拆開剛封上的膠帶。因為，按照她的話去做，從來沒有讓我後悔過。

「磅蛋糕」這款蛋糕的名稱，正如其製作方式——使用「雞蛋」、「奶油」、

「麵粉」和「糖」四種材料，全部以相同的比例，各一磅（約四百五十四公克）來製作。這樣的分量相當驚人，不過，如果知道這款蛋糕最早是為婚禮等大型場合所製作，也就能理解了。這種蛋糕源自北歐，在法國也有一樣的蛋糕，名為「卡特爾卡爾」（Quatre-Quarts，意為「四分之四」）。如果在這款蛋糕的麵糊中加入浸泡過洋酒的果乾，就會變成大家熟悉的「水果蛋糕」。而若是加入檸檬皮，再用糖霜包裹，就成了「週末蛋糕」。製作方式很簡單，先將奶油打成糊狀，再依序加入糖與雞蛋，確保不會分離，最後輕輕拌入麵粉烘烤。

「大家圖省事，常常讓奶油軟化過頭呢。有些人甚至直接用微波爐加熱，這可是大忌！」

佐渡谷女士一邊用打蛋器攪拌奶油，一邊這麼說。我心想，我復健的話，那蛋糕應該由我來做吧？不過，我還是選擇默默觀察，並附和說：

「奶油得保有一定的硬度，才能攪入空氣。這樣烤出來的蛋糕才會鬆軟。」

佐渡谷女士緩緩地將細砂糖加入奶油，一點一點混合。

「不過，如果奶油太冷，蛋就會分離。」

她指著桌上已經打好的蛋液。

「家庭版食譜通常會加一點泡打粉，但如果這個步驟掌握得好，根本不需要。我知道妳是專業的，所以今天沒準備泡打粉。」

我在心裡嘀咕，都是妳在做耶，但我還是點了點頭。不得不說，她的手法很專業，讓奶油與蛋液完美地融合在一起。

「佐渡谷女士，妳之前說在法國學習過，那麼這些技術是在哪裡學的呢？」

她沒有停下手邊的動作就回答：

「我在日本的學校學過一點，後來去做電視烹飪節目的幕後工作。當時經常代替知名老師出面，結果不知不覺就成了料理研究家。後來覺得漸漸無法應付，才開始去學習……」

她說自己是為了「取材」去法國旅行。

「那次旅行，我遇見了……很棒的甜點，還有一位甜點師傅。」

這回，她終於停下手上的動作，眼神變得悠遠。

「在法國某個小鎮，我隨手買了一個杏仁塔，回到旅館吃了一口，瞬間震驚了——『這到底是什麼?!』那只是個簡單的點心塔，裡面包著杏仁奶油，沒有華麗裝飾，也沒什麼特別的食材……可是，當我咬下一口的瞬間，眼前的事物都改變了，像看到不同的世界……」

她陷入回憶，彷彿人已經不在這裡。

「我當時想，這就是天堂嗎？」

她放下打蛋器——

「……總之，我是墜入愛河了。」

她雙手交握，像在祈禱一樣，我倒是開始擔心被拋在一旁的麵糊。

「所以，我當下就決定要到那間店拜師學藝！我直接跑去店裡，說想要在店裡工作。」

「哇……好青春啊。」

我的這句話讓她微微皺眉，回瞪我一眼，但還是認同了。

「的確……那時候還年輕。學習正統的法式甜點時……也愛上了那位教會我一切的維克多。所以，到底是愛上甜點，還是愛上他，我自己也搞不清楚了。後來我父親勸我冷靜點，我就失去自信，剛好又有人來邀我寫食譜，我就選擇回日本了……」

她的語氣顯然帶著後悔，當她重新專注於手中的麵糊時，大量的蛋液已完全與奶油融合，染上蛋黃顏色的奶油麵糊彰顯了蛋液的存在。

「妳之後沒有再聯絡他嗎？」

她輕輕搖頭。

「那之後就沒聯絡了。他應該已經跟某個人組成幸福的家庭了吧。沒娶個怪異的東方女人，應該也是鬆了口氣。」

她低聲說，我倒是一直都單身就是了。

「畢竟……從那之後，我再也沒吃過比維克多做的甜點更美味的東西了。」

她再也沒有遇到比維克多更值得愛的人。這句話的意思，連我都聽得懂。

我用有點抱歉的眼神，對望向遠方的佐渡谷女士說：

「不好意思打斷妳的感傷……但我發現，妳好像忘了準備磅蛋糕的烤模，時間有限，要不要讓我來？」

她比剛才更不悅地看了我一眼，最終還是點了點頭。

「……麻煩妳了。」

我開始在烤模內刷上奶油，佐渡谷女士則進入最後步驟，把攪拌器換成刮刀，將過篩的麵粉輕輕拌入麵糊之中。

「說起來……」

她的表情已經恢復柔和，我抬頭看向她。

「妳店裡有一些甜點，跟維克多的作品很相似，特別是『巧克力蛋糕』。」

她一次倒入所有麵粉，開始用刮刀輕柔地翻拌。

「明明國籍、年齡、性別都不同，為什麼會這麼像呢？是因為完美主義嗎？」

我繼續在烤模上鋪滿烘焙紙，心中湧上一股複雜的情感，忍不住想對讓她放棄愛情的日本男人罵幾句。

「不管是愛上甜點，還是跟甜點一起愛上某個男人，又有什麼關係呢？爸爸是誰都一樣，說到底就不該在局外指手畫腳——」

「哎呀，糟了！」

佐渡谷女士突然驚呼，打斷了我的話。

「最重要的東西忘記放進去了！」

「咦？什麼？」

「香草啊！」

「香草？」

我在工作檯上尋找。

「沒有香草啊，妳是忘了準備嗎？」

佐渡谷女士催促我說：

「我當然沒帶來啊！這裡不是有嗎？我就是打算用那個，馬達加斯加的頂級香草，我要用一大堆！」

啊，原來是那個！我終於想起來了。

「靜送的香草豆啊！有，應該有。」

應該放在寄回家的行李裡，我急忙翻找。佐渡谷女士手裡拿著刮刀，一邊攪拌一邊催促：快點，快點！

「稍等一下，我現在就把香草籽取出來！」

我連忙拿出小刀，在那根黑色的香草莢上劃開一道口，撥開後將裡頭極細的黑色香草籽刮出來，在最後一刻倒進佐渡谷女士正在攪拌的磅蛋糕麵糊裡。

「應該要在加粉之前放進去才對啊。」

我有點擔心地說，但佐渡谷女士冷靜地說沒問題。她迅速用刮刀將麵粉和香草籽一起切拌入麵糊中，只翻拌幾次就完美融合。接著，我準備好的烤模已經就位，她毫不遲疑地將光滑細膩的麵糊倒進去。

「結局圓滿，一切就圓滿了，很好！」

她點點頭，而我則沒等她指示，就慎重地將裝滿麵糊的烤模放入已經預熱至一百八十度的烤箱。

金黃色的四角型蛋糕出爐。中央微微隆起，漂亮地裂開，彷彿在自信地展示著內部的紋理。成品完美無瑕。

「怎麼樣？這次有完成復健嗎？」

聽到這句話，我忍不住吐槽：

「蛋糕是妳做的啊！我只是鋪了烘焙紙而已。」

啊，說得也是……佐渡谷女士一副才剛意識到的樣子，手摸著臉頰。

「算了，來嘗嘗吧！這是最後的蛋糕。不是最後的晚餐，而是最後的試吃。」

她說有帶茶包來，要我幫忙泡茶。然後自己拿起刀，緩緩地切開剛出爐的、非常重要的磅蛋糕。她的動作充滿儀式感，宛如在切婚禮蛋糕。

切成約一點五公分厚的磅蛋糕，內部組織細緻，單靠奶油與雞蛋的力量就能自然膨脹起來。綻放香甜洋酒香氣的馬達加斯加產香草籽，散布在蛋黃色的蛋糕體中，外表美麗可愛，做得非常完美。現在市面上的磅蛋糕大多走低糖路線，但使用「四分之四」的比例製作，才能帶來真正滿足的美味。這才是黃金比例。入口時，它並不是那種會立即化開的輕盈口感，而是帶著一絲「咬勁」。然而，隨著溫度上升，奶油的濃郁風味在口中擴散開來，整個味蕾都會被柔潤細緻的蛋糕征服。

我們默默地品嘗著蛋糕，僅憑嘆息、微笑和搖頭來表達感想。等到我們開始享用第二片蛋糕時，佐渡谷女士還貼心地換了新的茶包，為自己和我重新泡了一杯熱茶。然後，她終於開口說話了。

「啊……好幸福啊。」

我也點點頭，

「都不知道明天的自己會怎麼樣，卻還是能感受到幸福。甜點的力量，真的很厲害呢。」

我盯著磅蛋糕看。我們一邊喝著紅茶，一邊再次陷入沉默。這一刻是幸福的，可是一想到這可能是我們最後一次在這裡喝茶，我就說不出話。然而，打破這片寂靜的人是我。

「煩惱的小羊能問妳問題嗎？佐渡谷女士，妳想做什麼呢？」

她露出一絲驚訝的神情，但很快又笑著回答：

「我啊……已經嘗試過很多事情了。現在就這樣繼續幫助明日香，悠閒地過日子就好。然後，偶爾做點好吃的東西。」

聽到這樣的答案，我不滿地望向她。

「這可不像妳的風格。把我折騰得團團轉，結果妳自己卻只打算這麼過下去？」

「不然呢？這個年紀了，還要我去開店嗎？妳還年輕，還有潛力，但我可沒辦法。」

「我又沒說要妳開店。開店有多不容易，沒有人比我更清楚了。」

「那妳是要我做什麼？」

被她這麼反問，我才開始思考，因為其實我並沒有想得那麼深遠。

「說來聽聽嘛，當女演員？還是導遊？感覺挺有趣的呢。」

她一如既往地奪走對話的主導權，心情愉悅地吃著磅蛋糕。儘管已經步入初老，舉手投足仍帶著少女般的可愛，她的魅力絲毫未減。就在那一刻，我靈光一閃，開口問她。

「那個……被妳甩掉的法國人，是叫什麼來著？……科克多？」

「是維克多。」

「他的店……是甜點店吧？現在還開著嗎？」

她像個孩子似的，堅定地搖了搖頭。

「我不知道啊，那已經是很久以前的事了。」

「如果是老店的話，應該不會那麼容易消失吧？那間店在哪裡？是哪個地區？哪個村莊？」

「哪有什麼村莊啊！是在諾曼第地區，從盧昂往南大約一個小時車程的一座小城市。」

那可是大城市耶。我一邊說，一邊拿出手機開始搜尋那個地區的資訊。

「店名是什麼？」

佐渡谷女士這次是真的嚇到。

「別這樣！不要找！這可是我的美好回憶啊！」

她向前探出身體，試圖搶走我手中的手機。

「這哪是什麼美好回憶，根本就是充滿眷戀的回憶吧。好了，快說店名是什麼？如果真的沒了，搜尋也找不到啦。」

「才不是什麼充滿眷戀的回憶！」

這位上了年紀的歐巴桑，喘著氣反駁。

「那既然不是，妳應該能笑著面對吧？來，店名是？」

「……」

佐渡谷女士雙手抱胸，狠狠瞪了我一會兒。

「……『Pâtisserie Frédéric』那是他爺爺的名字，但應該早就沒了吧。」

她告訴我店名，我試著輸入差不多的店名搜尋。佐渡谷女士有點佩服地看著我打字：

「妳會法語？」

「畢竟我是甜點師啊。雖然比不上妳，但我也曾在當地學過一點點。」

「什麼？為什麼不早說！」

「沒什麼好說的啊。」

「嗯……所以妳做的甜點才會跟他有點像？」

佐渡谷女士再度仔細地打量我的臉，而我則全神貫注地瀏覽搜尋結果。然後，我停下手上的動作。

「找到了！『Pâtisserie Frédéric』！」

「還在?!不可能！不要啦！」

佐渡谷女士彷彿遭雷擊般，整個人僵住。

「還在營業。而且……生意還不錯，當地人和觀光客都有在社群媒體上推薦。」

我瀏覽著法語的資訊。

「現在還是維克多先生在經營嗎？有沒有老闆的照片……」

繼續翻看店內的圖片，試圖找到他的身影。

「夠了啦！知道還在就好了，不要再找了，拜託！」

佐渡谷女士大聲喊著，雙手捂住臉，可是……指縫間卻偷偷瞄著我的手機畫面。

「沒有呢……沒有老闆的照片。不過，蛋糕的照片倒是很多……」

我繼續滑動著畫面，搜尋佐渡谷女士的舊情人。

「他應該早就不在了啦，或許是把店讓給別人了吧，畢竟年紀也不小了……」

嘴上這麼說，她卻已經放下了手，和我一起認真地確認照片。

「啊！找到店舖的官網了！說不定有照片！」

我興奮地大聲喊道，然後迅速瀏覽起「Pâtisserie Frédéric」的官方網站。然而，這個網站設計簡單，只有店舖位置、營業時間，以及販售商品的清單——照片上也只有甜點，旁邊標註著名稱。

「只有甜點的照片啊……」

我大致瀏覽了一遍。

「是喔……」

佐渡谷女士也帶著些許失落，端起紅茶杯嘟囔著：有點興奮過頭了，突然覺得好渴……

「啊啊啊啊啊啊——！」

下一個瞬間，我突然發出驚天動地的叫聲，嚇得佐渡谷女士一口紅茶全噴了出來。

「佐渡谷女士！快看！快點看！這個！」

我緊緊抓住用手帕摀住嘴的佐渡谷女士的手臂，興奮地將手機畫面遞到她眼前。

「快看這個甜點！」

我指著商品清單裡的一款烘焙點心，特地將照片放大讓她看得更清楚。佐渡谷女士盯著畫面悠哉地說：

「哦，看起來很好吃的費南雪……是嫩綠色的呢。開心果口味嗎？我在那家店的時候沒賣這款。」

我卻用力搖頭。

「不是甜點啦，是名字！快看甜點的名字！」

佐渡谷女士瞇起眼，仔細讀著我指出的名稱。

「『Ma nami[7]』……Ma nami？」

她唸出來後，沉默了三分鐘。我當然也沒有催促她，只是靜靜等著。

在那個遙遠國度的小小甜點店——「Pâtisserie Frédéric」。那裡曾有一個她深愛卻分隔兩地的戀人，這家店販售著一款甜點。嫩綠色的費南雪，被命名為「Ma nami」。

順帶一提，法語的「Ma」意為「我的」。佐渡谷女士心中長年積累的遺憾，在這款甜點仍然持續販售的事實之下，恐怕早已化作奶油，帶著溫潤的香氣融化。她終於回過神，直視著我。

「他以前總是叫我『Nami』，偶爾還會亂喊『NamiNami』……Ma nami。」

「現在，他還是在這樣叫妳呢，這可是個了不起的訊息啊。」

「白井小姐，真的謝謝妳。我從沒想過，會有這種事……」

她低聲道謝，我則露出微笑。

7 同「真奈美」的日文發音。

「能回禮真的太好了。佐渡谷女士一直都在為別人做這樣的事，偶爾也該輪到妳自己遇到點好事了吧？」

佐渡谷女士眨了眨眼睛，然後像平時那樣微笑，視線轉向磅蛋糕。

「我可沒做什麼……這都是甜點的力量啊。」

我指著手機螢幕上的費南雪推測：

「這款『Ma nami』，一定是用抹茶做的。」

「畢竟他是個很好懂的人嘛。」

廚房裡依舊彌漫甜美烘焙香氣，佐渡谷女士深深吸了一口，然後愉悅地嘆了口氣。

「甜點，真是太棒了。」

我拆開剛收到的香草束，深深吸了一口氣，表示我對香草的歡迎之意。我想著開始營業之後，先前收到的香草就會很快用光，所以這批貨可是我特地詢問靜的進貨管道，精心挑選的有機高級貨。香草的香氣，很不可思議。當人感到疲憊時，它會帶來療癒；當人心生渴望時，它會填補空缺；當人充滿幹勁時，它則會賦予力量。香草不只是單純的甜美芬芳，而是會根據自身的狀態而變化的香氣。現在，這股香氣對現在的我來說，又會是什麼樣的香氣呢……我的臉實在很難離開香草莢，此時，手機突然響了。

「結杏妹妹說，她要來幫忙？」

電話那頭的佐渡谷女士，語氣一如往常。

「我本來也想過，能不能去幫忙……」

「不用，妳就在那邊乖乖待著吧。」

「都準備好了嗎？」

「只是把暫時關閉的店重新開張而已。」

「是啊，就當作只過了一個晚上吧。」

「這一夜好漫長啊。」

——我，到底想做什麼呢？與佐渡谷女士一起做磅蛋糕，復健的成果，就是找到答案。坦然接受這個答案並下定決心後，我立刻聯絡房東。在得知原本打算租下店面的下一位租客，也就是那位準備開甜甜圈與瑪芬專賣店的人，尚未正式簽約後，我懇求房東終止這份合約。

「我決定重新開張已經關閉的『白色甜點店』，再次挑戰開店這件事。請告訴甜甜圈店的那位先生，我當初說是因為家庭因素才關店，不過實際上，是因為地點不佳才導致倒閉。這樣的話，他應該會重新考慮吧。」

房東相當驚訝，一開始當然是拒絕的，還擔心我的精神狀態是否出了問題。然而，當我告知房東有機會獲得融資，並帶著相關文件不斷懇求時，他開始認真思考這件事，最後終於答應了。

「不過，決定要重新開店之後，妳動作還真快呢。」

聽見佐渡谷女士這麼說，我回了一句：

「佐渡谷女士的動作也很快就是了。」

另一方面，我的多管閒事讓佐渡谷女士的內心再次燃起了火焰。不知不覺間，她已經聯絡上維克多，而當我忙著準備重新開張時，一回神她就已經飛往法國。

「本來只是想去打個招呼而已……」

久違的維克多，當然已經變成大叔，但他迎接佐渡谷女士的態度，卻讓人絲毫感受不到歲月的痕跡。

「說真的，和真奈美分開之後，我吃了各式各樣的甜點。當然，有頂級的，也有差強人意的——」

然而，他表示沒有妻子或女友的時候，他一定在店內擺上那款抹茶費南雪

「Ma Nami」。「對我來說，那是不可或缺的……」聽到這種話，恐怕她短時間內都無法回來了吧。

「維克多說得太好了！」

聽著她的祝賀，我望向廚房。置物架上整齊地擺滿剛出爐的磅蛋糕，有兩種不同的尺寸。店內的展示櫃中，已經陳列著「謙虛又自由的蒙布朗」，架上也備了包裝好的布列塔尼酥餅。店裡只販售這三種商品，就這樣而已。光憑這些，能夠支撐一間店嗎？這真的是一大挑戰。

「恭喜開店——不對，應該說是復活！」

佐渡谷女士滿懷感慨地從遠方送上祝福。與她相識，遇見她所帶來的人們，一起製作甜點，讓我用不同的視角看待自己的生活。結果，原本結束營業的店面，也變得像蒙布朗一樣，看起來更自由了。

或許也是因為這場「復健」的影響，我久違地想見母親一面。在準備重新開店的期間，我帶著試做的磅蛋糕，沒有事先聯絡就回家。媽媽有點驚訝，但是敏銳地察覺異樣：

「妳看起來精神不錯呢，那個盒子裡裝的是什麼？」

我打開盒子，讓她看到試做的蛋糕，並告訴她我將再次開店。媽媽默默聽著，然後說：

「如果妳需要貸款的話，我可以當保證人。」

謝謝，也許哪天會請妳幫忙。我表達了謝意，沒想到自己竟然能與母親如此平靜地對話。

「能遇到那位把熱水淋在巧克力上的老師，真是太好了呢。」

母親聽完我的話後露出微笑，而我則點了點頭。

「話雖如此，其實熱可可就是把巧克力融進牛奶裡，並不算什麼驚人的做法，這點我其實是知道的。大概……是我在尋找能改變自己的東西吧。」

「正因為妳就是這樣的人，」

母親看著我說。

「即使擔心妳，但內心的某個角落，總覺得妳一定沒問題。」

能坦率地接受這句話，並且感到開心，這點對我來說也很意外。我決定就聊到這裡，然後打開帶來的蛋糕盒，切了一塊厚片給媽媽。

「好香啊！我最喜歡香草了。」

她將蛋糕湊近鼻子，滿懷珍惜地這樣說。看到這一幕，我忽然想起一件事。

「嗯，我知道。媽媽從以前開始，做鬆餅都會加香草精，明明一般人都不會加。」

所以，那次烤厚鬆餅時，小學四年級的我也曾為了到底要不要加食譜上沒有寫的東西而煩惱。

「妳不喜歡嗎？」

母親這樣問，而我搖了搖頭。

「不，自己一個人烤鬆餅的時候，我加了很多香草。因為我也喜歡。」

母親沒說什麼，但看起來很開心——

在廚房裡回想起母親的表情，突然明白了現在的我，該如何讓香草的香氣散發出來。

「網路訂單好像也很順利呢？」

電話那頭的佐渡谷女士呵呵笑著。

「有一位客人大量購買，我看了一下名字，原來是水果塔的順子小姐。」

聯絡上才知道，她雖然還在那間不適合自己的公司，時不時會去上班，但比以前有精神了。或許，她也開始在公司裡找到一些自由了吧。

「沒想到妳會做網購生意，妳也變了呢。」

「畢竟店舖結束營業時，我也一起死過一次了。人家說『笨蛋不死是治不好的』，或許我死過一次，反而變得更笨了吧。」
「嗯……不過，我覺得妳還是沒丟掉自己的堅持，跟以前一樣。」
她明明看不到，我還是把手上拿著的香草束藏到身後。
「如果這次又倒閉了，那我就去維克多的店當店員好了。」
「那我等妳來。」
我們互相說著氣話時，開店第一天就來幫忙的結杏妹妹，突然從後門衝了進來，興奮地報告說：
「白井小姐！店門口排了一長串隊伍！」
咦？我一邊拿著手機，一邊回應。問她大概有多少人，她回答說，隊伍已經排到了街角。
「幾乎都是女生，應該是靜先生在社群媒體上宣傳，粉絲們看到之後過來的。不過，也有不少叔叔阿姨跟著排隊了。」
原來是那傢伙啊！我仰望天空，但還是微笑著感謝他的幫忙。
「別光顧著說話，快開店吧！」
佐渡谷女士在電話那頭催促。
「明明是妳先打來的！我要掛了哦！」

我這樣回嘴，笑著掛斷電話。

「要開鐵捲門了嗎？」

結杏興奮地問。

「這是我的工作，妳先去圍上圍裙吧。」

我這樣下指令之後，從後門走了出去。

如結杏妹妹所說，店門口排滿了等待的女孩。在隊伍後方，有附近的鄰居以及許多熟悉的老顧客。曾經邀請我打工的前輩也在人群中，揮著手喊道：我是來買蒙布朗的哦！我朝她點頭致意。看來，至少開幕第一天可以把商品都賣完。

「讓大家久等了，馬上就要開店了！」

我大聲對著排隊的顧客宣布，然後將鐵捲門嘎啦嘎啦地拉起來。曾經拆下來、差點丟棄的「白色甜點店」招牌上方，是一片湛藍的天空。未來會如何，我不知道。不過，壽命的長短不由自己決定。店裡的香草甜香，讓我充滿了愛的力量。只要今天、每天，都能抱持著「我喜歡這個」的心情，活下去就好。

- 低筋麵粉過篩。
- 磅蛋糕模具內塗抹奶油（分量外），鋪上烘焙紙或撒上低筋麵粉（分量外）。
- 剖開香草莢，刮出香草籽備用。
- 烤箱預熱至 180 度。

做法

1. 將奶油放入碗中，使用打蛋器或攪拌器攪拌，使其充滿空氣並變得滑順。
2. 分次加入砂糖並持續攪拌，直至呈現白色乳霜狀。
3. 分次少量加入攪拌均勻的蛋液以免分離，持續攪拌使其充分打入空氣。
4. 加入香草籽。
5. 倒入低筋麵粉，使用刮刀輕柔地翻拌均勻。
6. 將麵糊倒入模具中抹平，輕輕敲擊模具底部，釋出空氣。
7. 放入烤箱，烘烤 40 ～ 45 分鐘。烘烤過程中，若中央膨脹並上色，請將溫度降至 170 度。用竹籤插入中心，若沒有沾黏，就表示烤熟。若表面烤得過焦，可蓋上鋁箔紙。
8. 稍微冷卻後，取出蛋糕，置於網架上完全放涼。用保鮮膜包裹保存，靜置一晚，口感會更濕潤。

✻ 可依個人喜好，在步驟 4 加入果乾或堅果，也可在蛋糕表面淋上糖霜（將糖粉與少許檸檬汁混合製成的糖衣）。

Pâtisserie Blanche 的磅蛋糕

Illustration: Maiko Dake

材料（18cm 磅蛋糕模具 1 個）

全蛋……2 顆（120g）
奶油……120g
砂糖……120g
低筋麵粉……120g
香草豆……少許

✽ 除香草莢外，其他四種材料的比例相同。蛋（大顆）的重量一顆大約是 60g 左右，可先秤二顆蛋的重量，並將其他材料的分量調整為相同克數。

前置準備

- 奶油提前 1 小時從冰箱取出回溫。
- 全蛋攪拌均勻，放至常溫。

※ 参考文獻

『食は生きる力　91歳、現役料理家の命のレシピ』城戸崎 愛（マガジンハウス）
『パリのかんたんお菓子　レシピ&ラッピングペーパーブック』イザベル・ボワノ（パイインターナショナル）

國家圖書館出版品預行編目資料

香草般的每一天 / 賀十翼著；涂紋凰譯. -- 初版. --
臺北市：皇冠，2025.07　面；公分. -- (皇冠叢書；
第5239種)(大賞；186)

譯自：バニラな毎日
ISBN 978-957-33-4324-0 (平裝)

861.57　　　　　　　　　　114008005

皇冠叢書第5239種
大賞｜186
香草般的每一天
バニラな毎日

BANIRANA MAINICHI
by Tsubasa Kato
Copyright © 2023 Tsubasa Kato
Original Japanese edition published by
GENTOSHA INC.
All rights reserved
Chinese (in complex character only) translation
copyright © 2025 by CROWN PUBLISHING
COMPANY, LTD.
Chinese (in complex character only) translation
rights arranged with
GENTOSHA INC. through Bardon-Chinese
Media Agency, Taipei.

作　　者―賀十翼
譯　　者―涂紋凰
發行人―平　雲
出版發行―皇冠文化出版有限公司
　　　　　台北市敦化北路120巷50號
　　　　　電話◎02-27168888
　　　　　郵撥帳號◎15261516號
　　　　　皇冠出版社(香港)有限公司
　　　　　香港銅鑼灣道180號百樂商業中心
　　　　　19字樓1903室
　　　　　電話◎2529-1778　傳真◎2527-0904

總 編 輯―許婷婷
責任編輯―蔡維鋼
行銷企劃―謝乙甄
美術設計―單　宇、李偉涵
著作完成日期―2023年
初版一刷日期―2025年07月

法律顧問―王惠光律師
有著作權・翻印必究
如有破損或裝訂錯誤，請寄回本社更換
讀者服務傳真專線◎02-27150507
電腦編號◎506186
ISBN◎978-957-33-4324-0
Printed in Taiwan
本書定價◎新台幣340元/港幣113元

●皇冠讀樂網：www.crown.com.tw
●皇冠 Facebook：www.facebook.com/crownbook
●皇冠 Instagram：www.instagram.com/crownbook1954
●皇冠蝦皮商城：shopee.tw/crown_tw